海の見える風景

早川義夫

文遊社

海の見える風景　目次

海の見える風景

妻に先立たれて、こんなにも寂しくなるものだとは思わなかった。どんなに月日が経っても、ああすれば良かった、こうすれば良かったと悔やみ、あー、しい子がいたらなーと思ってしまう。

ピアノを弾く気も起こらず、ものを書く気力もない。友人から電話があっても出ることができない。亡くなった話をすると泣けてきてしまうからだ。

空が見えない西早稲田の地下室に、このまま閉じこもっていたらダメになってしまいそうなので、引っ越すことにした。

死に場所は海の見える風景がいい。

伊豆方面も考えたが、車がないと不便そうなので、やはり鎌倉あたりにしよう。ネットで中古物件を探した。マンションはペットの体重制限や、廊下、階段などの共有部分は抱きかかえなければいけないといった規約があるので、考慮しなければならない。

決めかねていたとき、より海に近い物件が現れた。ドアを開けた瞬間、思わず顔がほころんでしまった。リビングから海が見えるのだ。遠くには逗子から三浦半島の山々までが見渡せる。西側の窓からは緑の山が見え、ウグイスが鳴いていた。

しかし、いいことばかりではなかった。国道一三四号線に面しているため、大型トラックからバイクまで、ひっきりなしに走っている。走行音、エンジン音、爆音は聞きたくない。排出ガスは吸いたくない。電化製品の小さな運転音も気になって止めてしまうくらいだから、深夜、車の音が聞こえてきたら眠れないだろう。

致命的なのは、海抜三メートルのところに建っているため、もしも大地震が発生したら、必ずや津波に襲われる。数年前の台風でさえ高潮に高波が加わって、一階部分が水浸しになったと聞く。裏手がすぐに山なので崖崩れの心配もある。地盤データによると盛土と埋立地のため液状化しやすく、鎌倉市からは危険区域に指定されている。

悪条件に違いないが、どうせじきに死ぬのだから、さほど気にならない。海が荒れても大地が揺れても、自然は憎めない。地球だって、僕らと同じように生きているのだ。「雨が空から降れば」（別役実作詞・小室等作曲）のように、「♪しょうがない」と諦められる。

駅からだいぶ離れたこの危険区域に老人ホームが二棟建っているのもごく自然な感じがする。脇道の路面表示には「ともしびゾーン」という文字がかすれて残っている。建物は全室埋まっているが、半分はセカンドハウスとして利用されているため、めったに人とかち合わない。挨拶しかできない犬連れの老人にとってはかえって好都合だ。きっとしい子が導いてくれたのだ。

2021.7.27 ツバメの巣

マイナスの分だけプラスがある

娘と一緒に暮らすことは考えていなかった。血が繋がっていても他人である。独り暮らしの父親を娘は何かと気にかけて世話を焼いてくれるが、一緒に住んだらうまくいかないことはわかっている。好みや生活サイクルやこだわる部分が違うから、すぐに鬱陶しくなって険悪なムードになってしまう。

世の中には仲の良い家族はたくさんいるだろうに僕は自信がない。それにしても、どうして、しい子とはうまくやって行けたのだろう。

しい子は空気のような存在だった。たとえ衝突しても、相手を立てて、相手に合わせる。自分の意見を貫き通すなんてことにそれほどの意義を見出さない。僕が翌朝まで不機嫌でいても、しい子はニコニコして「ごめんなさいね」と謝ることができる。僕がなんで怒っているのかがわからなくてもだ。近所に何かと上に立ちたがる奥さんがいたらしいのだが、その人にもすぐに負けてあげる。

「人間にはA面とB面があって、相手のB面に惚れている夫婦は長続きするんです」と心理学者の植木理恵さんが『ホンマでっか!?TV』でおっしゃっていた。A面はその人の長所で、B面は弱点や欠点だ。

好き同士で結婚したはずなのに、やがて離婚したくなってしまうのは（夫婦に限らないけれど）、あとからB面が気になり出すと、会話が成り立たなくなり、欠点ばかり見えてきて、すべてが不潔に思えてきてしまうからだ。

僕はもともとB面しか持ち合わせていない。神経質で暗い。臆病だ。大勢を前にするとうまく話すことができない。人を使うのも使われるのも苦手だ。会社勤めはできない。冠婚葬祭はしない。誕生日も祝わない。両親が亡くなってからは兄弟とも連絡を絶った。

どんなに僕が変わり者でも、しい子は僕のB面を苦にしなかった。本気の恋がバレてしまっても、ボロボロになって帰ってきても、また恋をしても、いつだってふざけて、僕を笑わせてくれる。「私が一番面白いでしょ」と自慢した。彼女たちよりも勝てるところは、そこしかないと思っていた。

マイナスの分だけプラスがあると信じ、僕だけではなく、誰に対しても優しかった。怒りもせず、嫉妬されたこともない。ただし一度だけこんなことがあった。

「♪誰よりも色っぽい　身体中が音楽」(「恋に恋して」)と歌っていたら、食器を洗いながら、ポツンと、しい子が「私も言われてみたいな」とつぶやいた。練習中だったので返事をしなかったが、切なかった。

一目惚れで僕から声をかけて結婚してもらったのにも関わらず、これまでにそのような甘い言葉を僕は一度もしい子にかけたことがなかったからだ。

ものの考え方や行動が一般常識からずれている。たとえば、何かの出来事で日本中が一色に染まっているようなとき、その群れの中には入れない。みんなと同じ気持ちになれないのだ。

「多数派は常に間違っている」(マーク・トウェイン)という言葉を知る前から、子供のころから僕は肌で感じていた。集団行動ができない。先輩後輩の上下関係が好きになれない。高校受験で和光学園を選んだのも学校案内に「自由」と「個性」という文字が輝いていたからだ。

世間の流行に対しほとんど興味がない。新しいものが次々と生まれているだろうが、ゲームといえば、トランプのセブンブリッジ、食卓を広げてやる卓球しか浮かんでこない。喫茶店は新宿風月堂、漫画はつげ義春、音楽はビートルズ、小説は車谷長吉で止まってしまった。

吉本隆明の言葉を引用したくなる。「文句なしにいい作品というのは、そこに表現されている心の動きや人間関係というのが、俺だけにしかわからない、と読者に思わせる作品です。この人の書く、こういうことは俺だけにしかわからない、と思わせたら、それは第一級の作家だと思います。」(『真贋』講談社)

勇気も度胸も技術もないのに

一九六四年、ビートルズに衝撃を受けた。それまで、ラジオから流れていたヒット曲とはまったく違うものであった。世界中の誰もが、連帯ではなく個々に「俺だけにしかわからない」と思ったのではないだろうか。

失神する、失禁する女性が羨ましかった。映画館や武道館でのキャーという悲鳴も僕には音楽に聴こえた。頭で理解しようとする男たちは「音楽が聴こえないじゃないか」と怒鳴って嫉妬した。

真似て髪を伸ばしたら背中まで伸びてしまった。近眼と小さな目を隠すために度付きサングラスにしたら、野坂昭如や澁澤龍彦よりも濃いサングラスになってしまった。車内で右翼系の学生から、新宿東口でチンピラから、飲み屋でサラリーマンからからまれた。そんな時代だった。

一九六六年「バラが咲いた」(浜口庫之助作詞作曲)が大ヒットした。ちっともいいと思わなかったので、「♪歯のない口からよだれを垂らし　草の生えてないお花畑に　酔わせられ酔わせられ　ロール・オーバー・庫之助」という歌を作った。

一九六八年グループ・サウンズ全盛期、「♪すべてあらゆる大きなものを疑うのだ」(ラブ・ゼネレーション)と歌った。

同年、アルバム『ジャックスの世界』の録音終了直後、もっとも個性的で魅力的な音を出してくれていたリードギターの水橋春夫君が、「早川くん、こんなことをしていたって売れっこないよ。僕は学業に専念する」と言って辞めて行った。これからだというときに、出発点からして不幸なバンドだった。

今のようにライブハウスはなかったし、フォークソングでもなければ、グループ・サウンズでもない。オリジナル曲しか演奏できなかったため、出演する場所がなかった。大阪駅の階段を重いギターアンプを運んだり、子供たちがバチャバチャ泳いでいるプールサイドで「からっぽの世界」を歌った記憶しかない。

その後は思い出したくもない。活動期間はひどく短かった。スタジオミュージシャンのほうがギャラが高いなどといったつまらない理由で仲間から不満が続出したので、「文句があるならやめましょう」と言い放ち、一九六九年、バンドは解散した。僕はURCレコードに残り、『見るまえに跳べ』(岡林信康)の制作を最後に、二十三歳で若者も音楽も嫌になり、早くおじいさんになりたくて本屋の道に進んだ。
町の小さな本屋は長い間、苦労の連続だった。様々な問題をうまく解決出来なかった。学校も音楽も本屋も全部中途半端でやめることになってしまった。できることなら、過去をご破算にして、もう一度最初から歌いたくなった。

中年の男が女の子を好きになってしまうのは、はたから見れば気持ち悪いことは知っている。けれど恋をすれば誰だって十八歳になってしまうのだ。「♪今度会ったら　もう離さない　なにか毒を入れ　君を狂わせたい」(「君に会いたい」) などと歌を作って、再び歌い始めたのである。勇気も度胸も技術もないのにだ。心の闇を昇華させなければ、犯罪者になりかねなかった。

「よしおさんに恋人ができると、私にまで優しくしてくれるからいいわー」としい子は僕に恋人ができることをむしろ喜んでくれた。だからといって、「♪ふたりのことは　誰にも内緒だよ」(「パパ」) といった不道徳な歌ばかりを作っ

2021.6.29 蝶々

ていたわけではない。

少数の人にしか知られていないけれど、「父さんへの手紙」「恥ずかしい僕の人生」「音楽」「いつか」などの曲が作れたのはすべて、健気なしい子がいつも僕のそばにいてくれたからである。

趣味も性格も違うけれど

しい子とは趣味も性格も食べ物の好みも違っていた。それでも上手くいっていたのは、しい子が僕に合わせてくれていたからだが、僕も歩み寄ることはあった。泊りがけの旅行は行きたがらないので、日帰り温泉によく出かけた。箱根天山湯治郷ばかりだと飽きてしまうので、伊豆熱川まで出かけたことがある。

駅の近くにワニ園があった。めずらしくしい子が「入りましょうよ」と言う。「面白くないいんじゃないの」と返すと、「ケチ」と言うのでしかたなく入った。

ところが、ワニはたくさんいるのだが、ちっとも動かないので、全然面白くなかった。

奥の方に植物園があるようだから「そっちに行ってみようか」と誘ってみると「私、ここで待ってますから」と言ってベンチに座ってしまった。しい子は植物に興味がないのである。

しかたなく一人で奥に進んだ。途中でフラミンゴの群れを見たが、キレイとも可愛いとも思わなかったので引き返した。それにしてもどういうことだろう。自分から入りたいと言っておきながら、ベンチに座ったままというのは、あんなわがままを見たのは初めてだ。その光景が忘れられない。

しい子の一番の趣味は社交ダンスだった。女子高に通っていたときお姉さんに連れて行ってもらったのがきっかけらしい。僕はまったく興味がない。あのけばけばしい衣装と、どぎつい化粧をした男女がくっついて踊るなんてとても考えられなかった。

ジャズダンスとかクラシックバレエの方がいいんじゃないのと勧めてみたが、習いに行っても、いつのまにか社交ダンスに戻ってしまうので、それ以降は口出ししなかった。唯一の趣味であるダンスを取り上げては酷だからだ。

ダンス教師と恋仲になったりしないのかしらと不謹慎な僕などは思うけれど、その気配はなかった。「恋愛をするなんてそんな面倒なこと」と言っていたからだ。練習帰りに一緒に習っている同世代の女性陣とお茶してくることが楽しみだったようだ。

亡くなってから、しい子の部屋から派手なダンス衣装や靴がたくさん出てきた。社交ダンスではなく競技ダンスというのかもしれない。発表会にも出場していたようだ。関心がなかったからちっとも知らなかった。

後日、YouTubeで「Pot-Pourri Banda Cover」というダンスを観た。社交ダンスのように背筋を伸ばして真面目くさった顔で踊るのとは違う。古き良き時代に戻ったような雰囲気で、楽しそうにニコニコしながら踊っている。これならば男女がくっついて踊っていてもいやらしくない。
もしもいま、しい子がいたら、こういった動画を観ながらダンスの話をしたかった。これなら教わって一緒に踊れたかもしれない。

しい子は楽観的だった。柴犬ゆきがまだ幼かった頃、僕は犬と並んで歩きたいのに、ゆきはぐいぐいと引っ張って先へ行こうとする。しつけてもうまくいかない。いいかげん頭に来て、「この犬、引っ張るから、嫌になっちゃうよ」とリードをしい子に渡すと「あら、ゆきちゃんが引っ張ってくれるから、歩かなくてすむし、楽ちんでいいわ」と言う。ゆきの出来の悪さに僕は苛立っているのに、しい子は逆にゆきを褒めるのであった。

そういう発想が僕にはなかった。娘に伝えると「私にも似たようなことがあったよ」と教えてくれた。ママから引っ越し祝いに代々受け継いできた日本人

2003.6.28 横浜対阪神戦

形をもらったんだけど、自転車で運んでいる最中に、車にぶつかりそうになってお人形さんを落としてしまったの。お人形が壊れちゃって、その場で泣きながらママに電話して謝ったら、ママなんて言ったと思う？ 「あら、良かったじゃないの。桃ちゃんの身代わりになってくれたのよ」と応えてくれたそうだ。

精神が肉体から剥がれてゆく瞬間

本屋時代『恐怖の心霊写真集』（一九七四年刊）という本がよく売れた。いや、売れたというよりも、中学生が寄ってたかって立ち読みに来て「ワー」とか「キャー」とか騒いでいただけだったような気もするが、いずれにしろ、僕にはなんの興味もなかった。

「一九九九年七の月に人類は滅亡する」と予言して大ベストセラーとなった『ノストラダムスの大予言』（一九七三年〜一九九八年刊）もページを開いたことがない。写真に霊が写っているとか、予言が当たるとか、誰それの占いとか、そういうものを僕は真に受けたことがない。

ただし、小林秀雄『感想』（新潮社）の冒頭、「母が死んだ数日後の或る日、妙な経験をした。誰にも話したくはなかったし、話した事はない。尤《もっと》も、妙な気分が続いてやり切れず、「或る童話的経験」という題を思い附いて、よほど書いてみようと考えた事はある。今は、ただ簡単に事実を記する。仏に上げる蠟燭《ろうそく》を切らしたのに気附き、買いに出かけた。私の家は、扇ヶ谷《おうぎがやつ》の奥にあって、家の前の道に添うて小川が流れていた。もう夕暮であった。門を出ると、行手に蛍が一匹飛んでいるのを見た。この辺りには、毎年蛍をよく見掛けるのだが、その年は初めて見る蛍だった。今まで見た事もない様な大ぶりのもので、見事に光っていた。おっかさんは、今は蛍になっている、と私はふと思った。」には、そうだろうな、と思った。

愛犬チャコが老衰で亡くなるときも感じた。覚悟していたので、夜中から朝方までずうっと抱きかかえていた。チャコは目を開けて僕を見つめたままだ。朝方になって、ついに目を閉じて動かなくなってしまったので、しい子と同時に「チャコちゃーん」と呼びかけると、一瞬目を開いて口をパクパクしてから完全に息を引き取った。「たましいがありがとうって言ったんだね」と、しい子と同じことを思った。

材木座の波打ち際に五羽の黒鳥が現れた。お父さんやお母さんたちだと思った。乳がんで早くに亡くなったしい子のお姉さんもいたかもしれない。朝の散歩どきにも、夕方にもいた。写真を撮ろうとチャコを連れて近寄っても逃げないのが不思議だった。

西早稲田では大きなガマガエルが地下のテラスから部屋に入ってきた。近くには沼地などないのに、お父さんだと思った。うまくやれているかどうか、昔よく本屋にもふらりと立ち寄ってくれたことがあったからだ。

キッチンにはバッタがいた。こんなところに、突然、バッタがいるなんて奇妙でならなかった。弱々しい体が亡くなったしい子のお母さんにそっくりだったので、「お母さんが様子を見にきたんだね」としい子と確信した。

しい子が亡くなったときもそうだ。病室で医師が死亡診断書に何時何分と記入したあと、看護師さんに着替えをしてもらい、娘たちが死化粧を施して、大学病院の迎えの車までストレッチャーで運ばれて行ったのだが、最後のお別れということで、係の方が顔にかけられていた白い布をめくってくれた。すると、しい子が目を開いて微笑んでいたのである。そのときも「あっ、たましいだ」と思った。僕は声が出なかった。しい子の全記憶が細胞から剥がれてゆく瞬間だった。

その後も僕はしい子とたびたび出会っている。ベランダにツバメの巣を見つけたときも、海岸で大きめの宝貝を見つけたときも、ウミガメと対面したときも、カルガモに出会えたのも、つまづいてコンクリートに思いっきり顔面を強打しそうになったのを間一髪両手で防ぐことができたのも、優しい先生が担当医になってくれたのも、電車の乗り換えがうまい具合に行ったときも、ほんの些細なことでも、いいことがあると、あっ、しい子だと思う。

霊感があるとか、霊が見えるとか、霊を呼び出すとか、あなたの肩に霊が乗っかっていますという霊能力者の言葉はまったく信じないのに、好きだった人のたましいの存在だけは信じている。

父のたましいは母の中に、母のたましいはチャコの中に、チャコのたましいはゆきの中に、しい子のたましいは僕の中に生きている。

いい気なものだ。都合が良すぎる。馬鹿げていると思うだろう。だから信じてもらいたいわけではない。ただ勝手にそう思っているだけである。

子供たちもママがいると思っている。築地本願寺での納骨日、カフェＴｓｕｍｕｇｉで食事をとった。隣りの売店を覗くと、なんと、しい子の実家「浜町高虎」が期間限定で出店していたのである。

お父さんとお母さんは亡くなり、店を継いだお兄ちゃんも亡くなって今はお兄ちゃんの長女があとを継いでいる。江戸情緒の半纏や手ぬぐいなどを作って売っている店だ。こんな偶然てあるだろうか。しい子が浜町の家族みんなに声をかけて、全員が集まったように感じた。

心は見えない。たましいも見えない。何も語らない。だから本当はどこにいるのか、どういうしくみになっているのかはわからない。けれど、いつも僕のそばにしい子はいるような気がする。

2021.6.20 ゆきとウミガメ

ナンパ

高校時代、校門の前でナンパ上手のS君といたとき、たまたま、他校の女子生徒が二人、僕らの前をランニングしながら走ってきた。するとS君は女の子たちの足のリズムに合わせて、突然「♪エッサホイサ、エッサホイサ」と声をかけたのである。

女の子たちは途中で足のリズムを変えるわけにもいかず、「エッサホイサ」にぴったり合わせて走らざるを得なかったわけだが、頭の中では歌詞の続き、「♪お猿のかごやだ　ホイサッサ」が駆け巡ってしまったはずで、まるで自分たちがお猿さんになってしまったようで、思わず笑ってしまったのである。
一種のナンパだ。うまい声のかけ方だなと感心した。後年、僕もジョギング中の女の子に遭遇したら、「エッサホイサ」と声をかけたいと思っているのだが、まだ実行できていない。

靴を見ればその女性のすべてがわかる。好みの靴であれば、服も、バッグも、髪型も、顔もスタイルも僕好みだ。靴が冴えないと他も冴えない。その確率は高い。身につけているもののうち何かひとつ見れば、その人のセンス、性格、趣味、話し方、声の質、話が合いそうか、微笑んでくれそうかどうかがわかる気がする。
僕の好みは単純だ。たとえば、ボブカットに前髪ぱっつん、シンプルな濃紺のワンピースだ。尖った靴だと接点はない。

柴犬ゆきを連れて歩いていると、たまに「わー、可愛い」と声をかけてくれる女の子がいる。この間の子はゆきを撫でてくれた。「実家では黒柴飼っているんですよ」と言う。「この辺に住んでいらっしゃるんですか?」と尋ねてみた。リュックを背負っているからそうではないとわかったが、これしかセリフが浮かんでこない。すると「大田区から」と言う。「あっ、大森駅があるところ」「大田区にも海があるんですけど、全然風景が違うから」「こんなに早く、どこへ行く予定なんですか?」「決めてないけど、早く来た方が混んでないと思って」「稲村ヶ崎からは江ノ島と富士山が見えるんですよ」

犬と一緒だからきっと安心しているのだと思う。気さくに接してくれたので、僕も気楽に喋れる。「その運動靴、可愛いね」「あっこれ、中学生のときから履いているかな」。センスがいい。たぶん高三か大学一年生ぐらいだろう。黒ぶちのメガネをかけている。化粧っ気がない。だから色っぽい。切通しの坂道を登ったら、突然、白肌を魅せた大きな富士山が現れたので、ふたりで「わーっ」と叫んだ。

家に寄って、人参ジュースと軽い朝食をとった。大仏にも行きたいと言うので、長谷駅までゆきと一緒に送って行くことにした。別れるとき手を振ったら彼女も手を振った。意外と長くだ。その光景が頭にこびりついた。

どうして一緒に大仏まで行かなかったのだろう。どうして、もっと一緒にいなかったのだろう。なぜ連絡先を聞かなかったのだろう。可愛い子だった。性格も良かったのに。


なんて僕はバカなんだろう。あれから、日にちが随分と経っているのに、昨日のことのようにいまだに後悔している。僕はいつもそうだ。心の中で思っていることと行動が一致しない。最近特にそうだ。積極的になれない。妻を失ってしまった孤独が身体に染み込んでしまったからだ。

老いたこともある。すっかり自信を失くしてしまった。下心がないような、善き人を演じている。いつだってあらぬことを妄想しているのに。

素直ないい子だった。せっかくのチャンスを自分から潰してしまった。何十年に一度あるかないかぐらいの出会いだったのに、もしかしたら、いい関係になれたかもしれないのに。どうして素っ気なく別れてしまったのだろう。失敗ばかりしている。

ふしだらな日光浴

初夏、朝早くに散歩しているとき、堤防のところで、日光浴をしている女性がいた。上はチェック柄で、下は白いビキニの海水着だ。上下違うのが奇妙に感じた。麦わら帽子みたいなのをかぶっている。顔は下を向いているのでわからない。お尻を付いて、太陽がよく当たるように手のひらを広げ、広げた足の両膝に腕を乗せている。

周りには、ペットボトルやバッグなどが置いてある。歳の頃は三十か四十だろうか。立ち止まったら変なので、ゆきを連れて素通りした。砂浜に芝生が生えているところまで行き、ゆきにうんちをさせてから、また同じところに戻ってみた。

さっきと同じポーズのままだ。手のひらを広げ、まるで見てくださいと言わんばかりに足をパカっと開いている。頭は垂れているのでちょうど自分の股間をのぞいているようだ。寝ているのかもしれない。よく見ると両足の付け根が多少黒ずんでいる。そのリアルさにそそられた。

周りには人がいないから、単なる日光浴で無意識に足が広がってしまっただけなのかもしれない。でも、もしかしたら、わざとなのではないかと僕は思ってしまった。そうは思っても、その場にとどまって観察するわけにも行かないから、素通りした。なにしろゆきの散歩の途中だ。いつも通りの散歩コースを歩かねばならない。帰りに、もしも同じ場所にまだ彼女がいたら、今度こそ声をかけてみようと思った。ところが、さっきまでいた場所にもう姿はなかった。

最初に「おはようございます」と明るく声をかければよかった。ブリジッド・バルドーが全裸で日光浴している『素直な悪女』のシーンを連想したから、答え方次第では、「フランス映画みたい」というセリフまで用意していたのに。

昔、つげ義春の漫画で「やなぎ屋主人」というのがあった。宿屋の女性が淫らな格好をしていたので、ならば、僕だって大胆な格好をしてもいいはずで、という場面を思い出した。

人生にはあり得ないようなことがいくつかは転がっている。実はふしだらな女性が日光浴をしていたのではなく、ふしだらな男が海岸を散歩していただけに過ぎないのだが。

迷惑メール

毎日、迷惑メールが届く。昔は一目見ていかがわしい内容と気づくものが多かったが、最近はネット会社や銀行名から届くから紛らわしい。自分の名前からも自分宛に届く。いったい誰が何の目的でやっているのかわからない。

どういう仕組みになっているのかわからないが、最近は送信先の下に【MEIWAKU】と表示されて届く。これだと内容を見ずに削除できるからありがたい。パソコンは自動的に迷惑メールフォルダに振り分けられるが、僕の携帯はいちいちゴミ箱に移動しなければならない。「この連絡先を受信拒否」にしても、相手は送信元アドレスを毎回変えてくるからまったく効果はない。迷惑メールがゴミ箱にあることさえ汚らわしく思えるので、常にゴミ箱を空っぽにしている。捨てても捨てても迷惑メールは減らない。うんざりしながら毎日削除を繰り返している。

ネットでものを購入したときも、メールマガジンが届く。注文中は買い物に夢中になっているので、下段までスクロールして「メールマガジン登録」の「すべて解除」にチェックを入れるのをつい忘れてしまうのだ。そのたびに、あとから停止の手続きを取らなければならない。今は多少簡略化されたが、最初のころは手続きが面倒で、なかなかメールが止まらなかった。

メールだけではなく、直接電話がかかってくる場合もある。かつて、WOWOWに申し込んでから数年後に解約したら、「またどうですか?」という勧誘の電話があった。登録していない電話には出ないようにしているから最初は無視していたら、同じ番号から何度もかかって来るので、番号検索をしたらWO

ＷＯＷだった。切りがないので仕方なく電話に出て断った。断ること自体に腹が立つ。係の人はそれが仕事だからしかたがないだろうが、退会したのに催促されるのは、「また付き合ってください」と迫ってくるストーカー行為と同じだ。会社のイメージが悪くなることがどうしてわからないのだろう。復縁したかったら、こちらから連絡するに決まっている。

郵便ポストに宣伝物の封書が届く。これも癪に触る。これを止めるのも簡単にはいかない。停止手続きを取るには、自分が何者かを知らせるために、名前、住所、電話番号、メールアドレスなどを書き入れなければならない。場合によっては、ＩＤ、パスワードが必要で、そんなの忘れている。わざと停止作業を面倒にしている気がする。

向こうが勝手に送ってくる宣伝物を止めるのに、なぜこちらが手間をかけて、断らなければならないのか。ポストに入ってくるチラシもそうだ。年に一回か二回ならまだしも、月に何回も同じチラシが入ってくる。ゴミ箱に捨てるたびに腹が立つ。その会社だけとは関わりを持つまいと思う。

昔、押し売りというのがあった。勝手口や玄関口で「出所したばかりなので、ゴム紐を買ってくれないか」と脅迫気味に居座るのだ。結婚したてのころ、しい子の友達が、コンドームをグロス単位で買わされたとこぼしていた話を思い出した。押し売り、NHK、宗教の勧誘、物売りの電話、迷惑メール、ポストへのチラシ投函、宣伝カー、歩道にまではみ出ている商品や看板、みんな犯罪である。

買い物は楽しい

ネットでの買い物は楽しい。食料品から家具や電化製品まで何でも揃っている。わざわざ出向かなくてもいいし、店の人と会話を交わさなくてすむ。もちろん、感じの良い店員さんがいたら買い物は楽しくなるが、いい人ばかりではない。最後のレジのところで、流れ作業的な手つきで、笑顔ひとつなく「ありがとうございます」の声も聞こえないような人に当たってしまうと、あー、買わなきゃよかったと思う。どんなに品揃えが良くても、感じの悪い店員さんにぶつかってしまうと台無しだ。

ネットでは何を買おうか好きなだけ迷うことができる。さんざん迷った挙句買わなくたって嫌な顔ひとつされない。「注文確定ボタン」を押したあとの事務処理は早いし配送も早い。スーパーと違って、ちゃんと包装もしてくれる。送料無料が多いし翌日届く。本屋時代の本の注文品と比べると大違いだ。

購入する品物が決まったら、Amazonだけではなく、一応念のために、楽天、Ｙａｈｏｏ！ショッピング、ヨドバシ・ドット・コム、地元スーパーなどの価格とも比較してみる。十円二十円の差ならどっちでもいいが、ものによっては、倍近くの差がある場合があるからだ。高額な電化製品などは日によって価格が変動する。「残り一点」とか「特選タイムセール」などの文字を見ると、焦る。まるで買い物ゲームをしているようだ。

いいものをどこよりも安く買えたときは嬉しい。毎回うまくいくとは限らない。なにしろ実物を見ないで購入するので、箱を開けると、色あいや雰囲気が商品写真と違っていたり、サイズを確認したはずなのに勘違いだったりするときもある。けれど、かつて実物を見て購入したものだって、なんでこんなもの買っちゃったんだろうというのもあるくらいだから、まあしょうがない。調子に乗ってしまう場合があるのだ。

最近、凝ったのは食器である。気に入っていたマグカップにひびが入って、薄汚れてきたから、新しいのが欲しくなった。もともと食器は好きで、といっても高級品ではなく、普段使うための手頃な価格のものに限るが、だからといって、何でもいいわけではなく、こだわりがあり、好みがある。

ネットで検索すると、ものすごい種類のマグカップがあった。ただし、自分がいいなと思うものは極端に少ない。自分の好みでないものに高額な値段が付いていると、つくづく人それぞれだなと思う。有田焼、九谷焼から始まって、たどり着いたのは、長崎の波佐見焼だった。好みの食器がたくさんあった。

マグカップだけではなく他の食器まで欲しくなる。ご飯茶碗もステキなのがあった。夫婦茶碗になっていると、どうしたものかと思う。子ども用の可愛いお茶碗があっても、そうか、うちには子供がいないんだと気づく。

考えてみれば食器がなくて困っているわけではない。すでに一人で暮らすのに不自由はしていないし、それ以上の食器は揃っている。ましてや料理上手なわけでもない。食事のたびに洗って片付けることを考えれば、食器をたくさん使いたいわけではない。

友だちはいないし、お客さんが来るわけではない。パーティーを開くわけでもない。それなのに、いいなーと思う食器があると欲しくなってしまう。

小皿、中皿、大皿、小鉢、どんぶり、木製の汁椀、ガラス製のサラダボウル、そうめん用のガラス製そば猪口も、急須も。急須だって昔買った白山陶器の色違いを三つ持っているのに、ステキなのがあるとまた欲しくなる。どういう心理なのだろう。購入したあとからも、もっといいのを見つけてしまう。美人がたくさんいる。

みな、人それぞれ夢中になるものが違う。何に対してお金をかけ、何に対して無駄遣いをしないかだ。スニーカーを集めている人もいれば、切手収集の人もいるだろう。アイドルを追いかけている人もいる。値札を見ないで買ってしまうブランドもある。ギャンブルにハマっている人もいるだろう。株や不動産に投資している人もいる。千円～三千円ぐらいの食器を楽しみながら多少余分に集めてもバチは当たらない。

センスのいい服を着てるとステキな人に見える。食器がいいと料理まで美味しそうに思える。

2023.2.22 食器と芋ようかん

お酒をやめると甘いものが欲しくなる

父は質素な生活をしていたので、お酒も煙草も嗜まなかった。母の話によると外食は好まず、入ったとしても一番目立たない席に座ろうとする。飲食店で大きな態度を取れないのだ。その気持ちがちょっとわかる。

そんな父に僕は歳とともに似てしまい、外出先でお腹が減っても、外で食べたいと思わない。料理のプロが作っているのだから、当然美味しいだろうし、第一作る手間がかからない。後片付けをしなくて済む。なのに、家で一人で食べる方が断然落ち着くのだ。

「食べてはいけないもの」といった動画を観たせいで、コンビニやスーパーのお弁当や加工品を進んで食べたいとは思わなくなった。防腐剤や添加物が体に蓄積されると良くないそうだ。農薬も気になる。特別長生きしたいわけではないけれど、できれば病人になりたくない。

お酒も前ほど飲まなくなった。気が向いたときだけ「酸化防止剤無添加　野生種ブルーベリーワイン」（蒼龍葡萄酒）とか、「久保田　千寿」を飲むことはあるけれど、毎日飲みたいとは思わない。もっぱら「あまさけ」（八海醸造）と「養命酒」だけだ。友と乾杯することはできない。お酒の力を借りて女の子を口説くことも、もうできなくなってしまった。

牛肉、豚肉、鶏肉を食べなくなった。屠殺場に運ばれて殺される場面を想像すると食欲はなくなる。

簡単な和食が多くなった。面倒な料理はできないから、買ってきたものを焼く、温める、蒸すといったものだ。

どれが美味しいか、毎日食べても飽きないものは何か、納豆、豆腐、味噌、醤油、お酢、調味料、ドレッシングなど、食べ比べてみて見つけるのは、ちょっと楽しい。

ご飯は「山形県産つや姫　無洗米」二合に「十六穀ごはん」（はくばく）三十gと「スーパー大麦　バーリーマックス」四十g、水五百五十ccを混ぜて「かまどさん電気」で炊いている。雑穀米は美味しい。飽きない。

昔、牡蠣にあたったことがあるので、海のミルクと言われていても食べない。サバ、サンマ、アジ、カツオ、サケ、イカなどにはアニサキスという寄生虫がいるらしいから、生は避ける。釜揚げしらすは好きだ。漁師さんが鎌倉の海で採ってきたしらすの直売店が近くにある。

お蕎麦を食べるとき、天ぷらも食べたくなり、自分で揚げたことがある。意外とうまく行って美味しかったのだが、お蕎麦と天ぷらを同時に作るのは大変だった。

天ぷら粉を冷たい水で溶いて、揚げた天ぷらはキッチンペーパーにのせて。茹でたお蕎麦を冷やすのに冷蔵庫から氷を出してボールに用意しておき、生姜と大根はすっておいた方がいいし、わさびもいる。「久原のあごだしつゆ」に冷えた水を割り、ネギも刻まなければと大忙しで、それが同時なので、キッチンが散らかってしまう。

スーパーのお惣菜売り場に天ぷら盛り合わせは売っているが、できたてならいいけれど、時間が経つとカリッとしていないし、好物でないエビやイカが入っているから、野菜だけの盛り合わせがあればいいのにといつも思う。アスパラガス、かぼちゃ、レンコン、なす、ピーマン、一人分だけでいい。

十五センチのステンレス製鍋付中華せいろを買った。焼売、肉まん、ブロッコリーなどの野菜を蒸す。電子レンジと比べて、ふっくらと出来上がり冷めにくい。野菜は味付けなしで食べられる。クッキングペーパーを敷くので、蒸し器は簡単に洗って乾かすだけだ。

お酒をやめると甘いものが欲しくなる。いっとき「おはぎ」が気に入って、毎回夕飯後に食べたくなり、「つぶあん」一個にするつもりが、あまりに美味しいので、明日食べるつもりの「きなこ」もつい食べてしまう。これではお腹は引っ込まない。

ところが最近「コメダ特製小倉あん」を見つけてからは、おはぎは卒業することができた。「よもぎ胡麻どうふ（春夏限定）」（ふじや食品）に付けると最高だ。デザートはこれで十分である。のちに、砂糖は体にあまり良くないと聞いて控えている。

朝食は人参とりんごのジュース。お昼は普通に食べて、夕飯はサラダ、釜揚げしらす、わかめ、豆腐、納豆、もずく、焼き魚、ヨーグルト。ご飯がなくてもこれだけでお腹いっぱいになってしまう。

世の中には美味しいものがたくさんあるだろう。僕は旅行もしないし外食もしないから食べたことのない美味しいものの方が断然多い。この間、銀座千疋屋のマスクメロンを食べたときは美味しさにびっくりした。高級品は美味しいに決まっている。決まっていることは面白くない。羨ましくもない。安くて美味しいものを探す。

地元のスーパーで買えるもので、うっとりする食べ物がある。アボカドをふたつに切って(固くても熟し過ぎてもダメだけど)、タネを取り除いた穴に、「有機レモンストレート果汁」(プラム食品)と「マヌカハニー」(明治屋)を入れてスプーンで食べる。至福のひととき、と思ったが、ハズレが続くとそうでもなくなる。

好物は「東京築地　うなぎ」（はいばら）、「はまぐりお吸い物」（三徳）、「十割そば　芯せいろ」（山本かじの）、「玉子焼」（松露）、「寒流　塩のり」（カネタ・ツーワン）、「西京漬　銀だら」（京都やま六）、「宇都宮　肉餃子」（マルシンフーズ）、「肉まん」（紀文）、「青の洞窟　ボロネーゼ」（日清製粉ウェルナ）、「旬を味わうサラダ　金美人参ミックス　期間限定」（サラダクラブ）、「ベジタス　プリーツレタス」（スプレッド）、「ポテトサラダ／れんこんと桜海老の塩きんぴら／桜海老入りしっとり鶏おから／シュウマイ」（鎌倉おおはま）。

毎日同じような食事なので決まらない日もある。そんなときは、後味を誤魔化すために食後、知覧茶（お茶の山麓園）に、「無塩アーモンド」と「カカオ70％チョコレート」（寺沢製菓）、「チョコレート効果　素焼きアーモンド　CACAO72％」（明治）があると満足する。

いい曲はどんな場所にもおさまる

日本映画は『鍵』(谷崎潤一郎原作、京マチ子主演)、『雁の寺』(水上勉原作、若尾文子主演)が良かったくらいで、その他はあまり観ていない。

U-NEXTで僕が観る映画はほとんど洋画である。なおかつジャンルは限られていて、アニメ、SF、ホラー、ミュージカル、アクションは観ない。サスペンスとミステリー、あとは『グッド・ウィル・ハンティング/旅立ち』とか『しあわせの隠れ場所』といった感動ものだ。実話に基づいて作られた映画は好んで観る。作りものと違って、ストーリーに無理がなく、それでいて緊迫感があるからだ。

U-NEXTは一作観終わると、最後に関連映画のおすすめ作品が数編紹介される。監督や出演者からも検索できるため、観たい映画がどんどん増えてしまう。

Amazonの検索欄に映画タイトルを入力するだけでも関連作品が紹介されるから、気になる映画は増える一方だ。U-NEXTは全作品を抱えているわけではないから、ないものは諦めて、あるものだけをマイリストに保存しておく。

なにしろ観る映画がいっぱいあるので、しばらく観て物語の中に入って行けそうもなければ消してしまう。最初つまらないと最後までつまらないと思っている。なんでもそうだ。

本なら五行ぐらい読んで、音楽ならイントロだけ聴いて、あるいはイントロを飛ばし歌い始めの一、二小節を聴いて判断する。第一印象が良ければだいたたい最後までいい。『人は見た目が9割』という本まである。嘘か本当かは顔つきでわかる。人との出会いは第一印象で決まる。

その点、ビートルズはすごい。「ガール」「シー・ラブズ・ユー」「キャント・バイ・ミー・ラブ」「ヘルプ!」「ペニー・レイン」「ハッピネス・イズ・ア・ウォーム・ガン」など、イントロなしで、すぐに歌い出す。だらだらともったいぶったイントロがない。要点にすぐ入る。待ちきれないで歌う。歌いたいことがあるからだ。

ヒロインに惹かれて奥田瑛二監督主演の『少女』を観た。ストーリーは奇妙に感じるところもあったが、夏木マリの演技は迫力があった。突然、ピエール・バルーの「愛する勇気」が挿入歌として流れてきたときは、「おー」と思った。自分の好きだった曲が思いがけないところで流れてくると、やはりどこかで繋がっていたのだと思う。

昔、ＴＶで『鬼平犯科帳』をやっていたときも、毎回エンディング・テーマにジプシー・キングスの「インスピレーション」が流れてきて心地良かった。江戸時代の四季折々の風景と南フランスのフラメンコギターが一致していた。『家、ついて行ってイイですか？』でも、終わりに近づくとビートルズの「レット・イット・ビー」が流れる。映画『レオン』のエンディングにはスティングの「シェイプ・オブ・マイ・ハート」が流れ余韻を残す。

いい曲はどんな場所にもおさまる。
いい人も、いいものもそうだ。
独創的なのに普遍性を持っている。

音楽の聴き方が変わってしまった

本屋を始めた当初は、店内にＢＧＭをかける気はさらさらなかった。無音が好きで本屋を始めたくらいだからだ。ところが、斜め前のレコード屋が外にまでスピーカーを付けて、一日中、流行歌を流しっぱなしにしていたので、うるさくてたまらず、うちの店が閑散としていたせいもあって、気分転換にＢＧＭをかけるようになった。結構ちゃんとした装置で、エンニオ・モリコーネ「ワンス・アポン・ア・タイム・イン・アメリカ」、キース・ジャレット「ケルン・コンサート」、ジェーン・バーキン「アラベスク」などをかけていた。

好きな曲の好きな箇所はついボリュームを上げていたから、もしかしたら、何事かと思うお客さんがいたかもしれない。ところが「この曲なんですか？」と聞いてくれる人もいたので、只今かけているCDはこちらですと、昔のモダンジャズ喫茶のように、カウンターにジャケットを飾ったりした。夕方過ぎ、コーヒーカップを手にして来店してくれる人もいた。僕は本屋を自分の部屋にしたかった。

書店を閉じてからは音楽は聴いていない。曲を作って歌い出したせいもあるが、引越しをしているうちに、アンプやスピーカーはどこへ行ってしまったのか、壊れてしまったか、記憶がなく、無くなってしまった。

そのうち、Windowsのパソコンがサポート期間終了という変な理由で動かなくなり、Windowsでしか使えないアプリでホームページを作っていたため、それ以来、ホームページを更新できなくなってしまった。

MacBook Air（二〇一七年製）はＣＤを差し込む箇所がないことにあとで気づき、音楽を聴くにはYouTubeを頼るしかない。でもそれで事足りるようになってしまった。いい曲はたとえ音質が悪いスピーカーで聴いてもいい曲であり、つまらない曲はどんなに立派な装置で聴いてもつまらないままだ。

ある日、本屋時代にかけていたＣＤを聴いてみたくなり、安いミニコンポを買うことにした。ネットから購入するので、レビューを参考にしたり、メーカーのホームページを見た。

最後までビクターEX-D6と迷ったが、価格が半分のオリオンSMC-350BTにした。知らないメーカーだったが、サンスイの製品を作っていた会社で、サンスイが倒産したために引き継いだようだ。商品が届いてＣＤをかけてみると三万円弱の音ではなかった。低音も十分出るし、音が柔らかいのは真空管を使っているせいかもしれない。

ミニコンポを購入して一番の収穫は、Bluetooth機能が搭載されていることだった。スマホ（あるいはノートパソコン）とミニコンポとをBluetooth接続すれば、YouTube音源をワイヤレスでオーディオのスピーカーから聴くことができる。スマホやパソコンのスピーカーより当然迫力があるし、動画を観ながら聴ける。

YouTubeプレミアムに加入しているので、広告は表示されない。YouTube Musicも利用できる。曲が終われば、自動再生オンになっているため、次から次へと関連した曲が流れてくる。バラードならバラードといった具合に、不思議と嫌な曲が流れて来ない。

そうこうしているうちに、TVでもYouTubeを観れることを知った。前からなんとなく知ってはいたが、TVから音楽を聴くイメージは持っていなかった。Fire TV Stickに向かって、たとえば「エリック・クラプトン」と伝えると「YouTubeで検索します」とアナウンスが流れ、「While My Guitar Gently Weeps

（Taken from Concert For George）」の動画を観ることができる。リンゴ・スター
の左耳にピアスがあることを初めて知った。
ガクンと質は落ちるけれど、「早川義夫　和光大学学園祭」の映像だって観る
ことができる。音楽の聴き方がすっかり変わってしまった。

ララ・ファビアンの歌声

ララ・ファビアンの名を知ったのはつい最近だ。なにしろ、本屋をやめたあと音楽を聴いて来なかったから、イーグルス、マイケル・ジャクソン、マライア・キャリー以後の歌い手は知らない。

音楽番組は見ない。何も突き刺さって来ないからだ。一九六七年ころは、全身を震わせながら歌っていた、松崎由治作詞作曲ヴォーカルの「忘れ得ぬ君」を聴いて、僕もこのように歌いたいとバンドのレパートリーにしたこともあったくらいなのだが。

今はBGMでさえイライラする。映画を観ていても急に場面が変わってクラブで踊るような音楽シーンになると、ひどくうるさく感じてボリュームを下げてしまうくらい音楽が嫌いになってしまった。

そんなとき、フランス映画『エール!!』（二〇一四年）を観た。真面目な女子高生役のルアンヌ・エメラが音楽教師に勧められて、「君を愛すよ」を歌っている。

聴きながら、歌はこうでなくちゃ、と思った。歌詞の内容が「マルキ・ド・サドより激しく　娼婦が頬を染めるほど　君を愛すよ」だったからだ。

「人間性の中の悪の部分を書く」（車谷長吉）のが文学だとしたら、音楽も綺麗ごとだけではなく、日常では口にできないくらいのことを歌うべきであり、そうすることによって、汚れた心を洗い流すことができると思うのだ。

「朝倉ノニーの〈歌物語〉」というサイトを見て「君を愛すよ」の作曲者がミッシェル・サルドゥーであることを知った。ララ・ファビアンとデュエットしている「Je Vais T'aimer」の一九九七年フランスでのライブを聴いた。

ララ・ファビアンの表情と声が色っぽかったので、すっかりファンになってしまった。彼女の「アダージョ」(Lara Fabian "Adagio")をはじめ、どの曲もいい。歌詞の意味がわからなくても、ブレス音だけで感じてしまう。音楽は詞でもメロディでもない。息遣いが美しいかどうかだ。

美味しいものは毎日食べられる。
願いが届きそうな曲はまた聴きたくなる。
言葉を失ってしまう映画はもう一度観たくなる。そのたびに発見がある。
好きなのに好きと言えない人にはまた逢いたくなる。

たましいの鼓動

「アルビノーニのアダージョ」つながりで、YouTube Musicから、チェロ奏者ハウザーを知った。ハウザーのアルバム「Classic」の三曲目「カルーソー」(Caruso)を聴く。

海を眺めながら、「カルーソー」(HAUSER - Caruso)を聴いていると、これまでの自分の人生を振り返ることができる。たった五分三一秒の曲なのに、過去の記憶がフィルムの一コマ一コマのように映し出される。いい音楽は自分の人生と重ね合わすことができる。

数々の失敗があった。後悔することばかりだ。自分がしてきたことはなんてちっぽけなことだったろう。不完全なものばかりだ。妥協してしまった。言い訳を言いたくなる。それが実力だったのだ。

楽しいこともあったろうに、こんな寂しい終わり方が来るとは思わなかった。バチでもあたったのだろう。ごめんとありがとうしか言葉はない。死を覚悟したとき、意識を失ったとき、この曲が流れるといい。独りだけの音楽葬だ。

「カルーソー」は作曲者のルチオ・ダルラ「Lucio Dalla - Caruso (Video Live)」を始め、ララ・ファビアンも歌っている。翻訳された歌詞の内容とは関係なく僕は、旋律、演奏、声、呼吸、表情だけで感動している。

ハウザーには「HAUSER - "Live in Zagreb" FULL Classical Concert」という一時

間三一分二五秒のYouTube動画がある。指揮者のジャケットは黒一色だと思っていたら、TV画面で観ると、綺麗な色の糸がところどころに縫いついていた。いいオーディオ装置だと聴こえて来なかった音が聴こえて来るように、大画面になると見えなかったものまでが見えてくる。

MCがないのも僕好みだ。後半の三曲がいい。

54:40 シークレットガーデンからの歌「HAUSER - Song from a Secret Garden」

58:28 ミアとセバスチャンのテーマ　ラ・ラ・ランド「HAUSER - Mia & Sebastian's Theme - La La Land」

1:02:47 アランフェス協奏曲第二楽章アダージョ「HAUSER & Petrit Çeku - Concierto de Aranjuez」

ピアニストが弾くメロディはそれほど難しそうではない。いい曲はメロディが複雑なわけではない。一見誰にでも弾けそうな（できないけれど）メロディだ。

ハウザーが弾くチェロもやさしいメロディだ。変にくずしたり、気取ったり、かっこつけたりしない。音楽に対してまっすぐだ。空を飛んでいるような気分になる。

ギター奏者ペトリット・チェクの演奏も、指先の動きを見ていると、とても普通ではできない難しいことをしているのだが、テクニックを見せつけているわけではない。作為を持たず、楽器を奏でている。


小林秀雄の言葉が浮かんできた。文章と音楽は同じなのだろう。

「文を飾ったって文は生きないんです。文は率直に書くべきなんです。ありのままに。チェホフが言ったように、雨が降ったら雨が降ったとお書きなさい。それがなかなかできないんですね。雨が降ったら雨が降ったじゃ済ませないんだよね。なんか付け加えたいんです。洒落たことを。

雨が降ったら雨が降ったと書けばたくさんだと思って、立派な文章が書ける人が名人というんです。で、そういう人は文章を飾るんじゃないけども、文章に一種の間があるんです。リズムが。それで、読む人はその間に乗せられるんです。知らないうちに。」（CD『小林秀雄講演第一巻　文学の雑感』新潮社）

ハウザーの魅力はチェロの音色だけではない。精悍な顔立ち、何かを求めているような唇の動き、髪の乱れがセクシーだ。女の子はみんないちころだろうなと思う。「いいねー」「かっこいいねー」と感嘆しあえる人と一緒に聴くことができたら、さぞかし楽しいだろうなと思う。

と思っていたら、そばにいた。大音量でかけても、スヤスヤ寝ている。映画を観て感動し涙をかんでも、心地よく小屋で寝ている。美味しそうなものを食べている時だけ膝にあごを乗せてくる。感性が同じだ。

「シークレットガーデンからの歌」の作曲者ロルフ・ラヴランドとフィンヌーラ・シェリーの演奏「Secret Garden - Song From A Secret Garden」は、息の合ったゆっくりとしたテンポで心地よい。「Secret Garden - Frozen In Time (Live at Kilden / 2015)」もステキだ。

やはり、アーティストはライブ音源がいい。空気感がある。距離感がわかる。音だけではなく、動きと表情を見ることができる。聴き手も同じ場所にいられる。スタジオ録音を撮影した「Secret Garden Behind The Scenes - The Voyage」の動画もいい。四分四六秒が短編映画のようだ。うっとりする。

ララ・ファビアンの歌声と、ハウザーのチェロと、シークレット・ガーデンのピアノとヴァイオリンが聴ければ、静かな気持ちになれる。しばらくは、ずっと楽しめる。

音楽はうるさいものだとばかり思っていたけれど、そうではなかった。今の僕には、これらのゆるやかなテンポが合っている。探せば、まだまだ僕の知らない音楽に出会うことができるだろう。

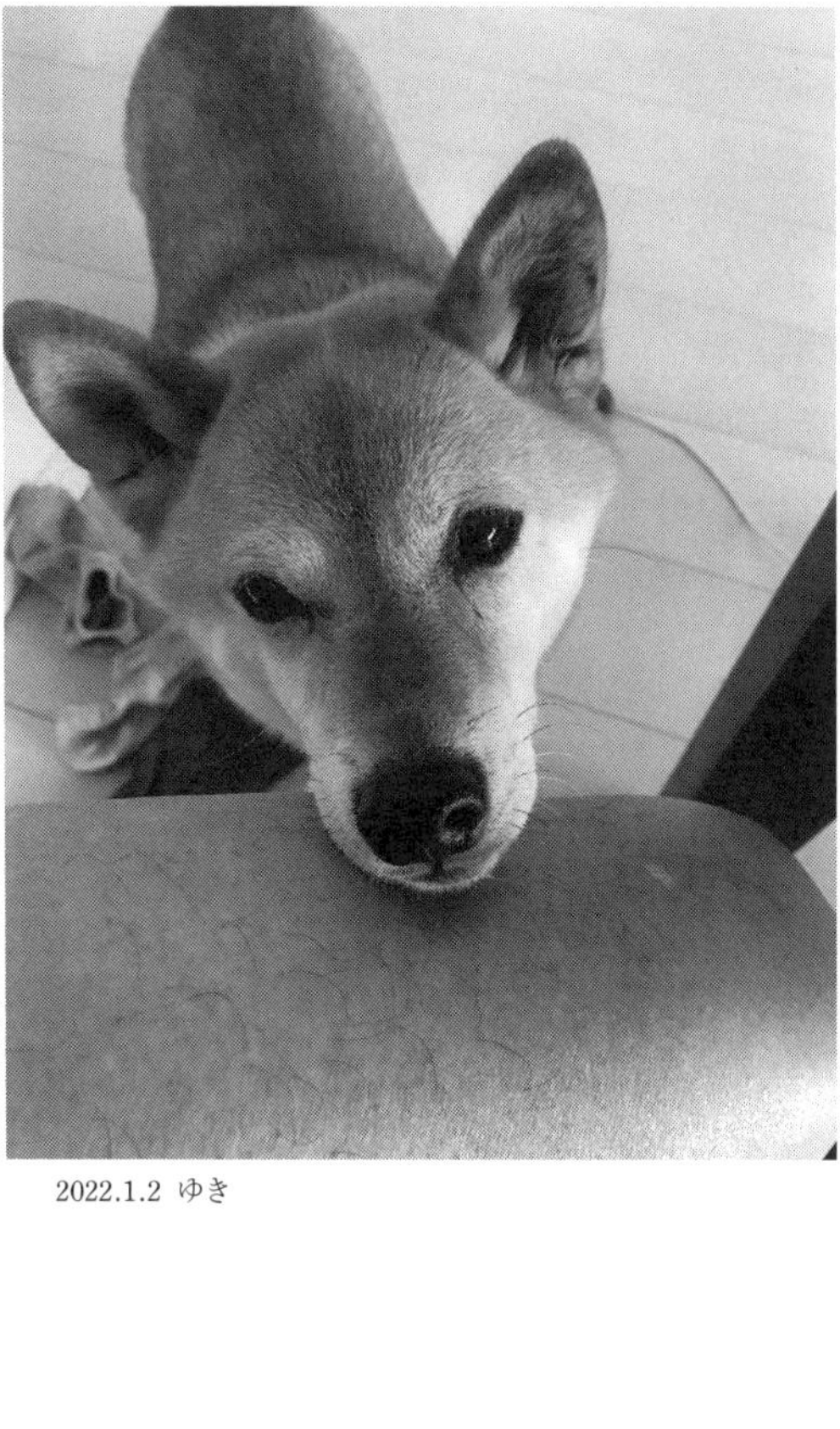

2022.1.2 ゆき

ジェームス・ブラウンとルチアーノ・パヴァロッティが歌う「マンズ・マンズ・ワールド」(Luciano Pavarotti, James Brown - It's A Man's Man's World (Stereo))も良かった。

ジェフ・ベックのギター、タル・ウィルケンフェルドのベース、ヴィニー・カリウタのドラムによるJeff Beck Live「Cause We've Ended As Lovers」の演奏には、とんでもなく参った。

二〇〇七年七月、シカゴ・クロスロード・ギター・フェスティヴァルと二〇〇七年十一月、ロンドン・ロニー・スコッツ・ジャズ・クラブでのYouTube動画を超えるものはない。

音楽は楽器から鳴るのではない。美しいたましいの鼓動だ。

出会い系サイト

ゆきと海岸を散歩中、黒柴を連れたS氏と挨拶を交わすようになった。ワンちゃんの「お名前は？」とか「何歳ですか？」などと話しているうちに、共通しているところがいくつかあった。

数年前に奥さんをがんで亡くしている。その後、鎌倉に引っ越してきた。柴犬を飼っている。ひとり暮らしである。これだけでも稀有なのに、コロナのワクチンを一度も打ってないことまでが一緒だった。

Sさんは僕より十一歳年下で、髪を後ろで束ね、ワンちゃんとお揃いの真珠のネックレスをしている。似合っている。スマートでおしゃれだ。ちなみに僕は指輪も首輪も付けたことがない。ネクタイの締め方も知らない。

休日にはサーフィンとテニスをしているせいか、僕のようにお腹は出ていない。半ズボンから見える足は馬のような筋肉だ。さぞかし女の子にモテるだろうなと思った。そんな話になって、再婚のことやガールフレンドのことを聞いてみた。

「再婚までは行かなくても、女ともだちは探していますよ」「出会い系サイトってやったことあります?」「やってます」「わー、僕、前から気になってるんだけど、どうも踏み切れなくて。料金の前に、ポイントがどうのこうのと書いてあることがよくわからなくて。本名を書くのかとか、顔写真は載せるのかとか」

「うん、写真載せるよ。載せていない人もいるけど」

「なんていうサイトですか?」「同時にいくつも入ってたんだけど、いまはひとつに絞ってる。でも今月で辞める」「じゃ、これまでに何回かはデイトしているんですね」「うん、そこのイタリア料理で食事したり」「ほー、そのあとは?」「何もないですよ。写真とイメージが違っていたりするから。写真と違っていても、すぐ帰すわけにいかないでしょ。話していてフィーリングが合わなかったら、その先は進めないし。こう見えて、僕うるさいんですよ」

「僕もうるさいの。自分を棚に上げて、誰でもいいというわけにはいかないから困っちゃう。でも、何回か会っているうちに、セックスすることはあるんでしょ?」「う〜ん。いや、ないな。面倒でしょ。一回して付きまとわれたら。僕はね、若い子ダメなの」「えっ、僕は若い方がいいな」「僕は六十歳、七十歳でも、気に入ればやれる。若い子は娘みたいに思えてダメなの」「僕と逆だ」

「犬仲間はほとんど人妻ですしね」「問題は起こしたくない」「でも、Sさんはかっこいいから、絶対再婚できると思うな」「いや、前の奥さんとは親友みたいだったの。いまは男でも親友っていないじゃないですか。親友になれるような女性はなかなか見つからないな」「一緒に住むとなると、よっぽど気が合わないと無理だものね」。奥さんを友だちと表現していることも似ていた。

家に戻って「初心者　出会い系」で検索してみた。丁寧に教えてくれているサイトがある。とりあえず入会しながらやり方を覚えて行くのがいいらしい。年齢や身長、体重、趣味などを記入して、顔写真は載せた方が出会う確率は高いと書かれてあった。

あゝ、もっと若かったらなーと思う。シニアの方も登録していますとあるが、七十代の文字はなかなか見つからない。読んでいくうちに、だんだん萎えてくる。

待ち合わせの段階で、注意しなければならないことがあるそうだ。筆者はこれまでに一度も経験してないと強調しているが、万が一、美人局《つつもたせ》の被害に合わぬよう、約束の時間よりも早く到着し、周りの様子を見るとか、変装するとか、財布の中は、必要最低限のお金だけにして、保険証やクレジットカードは置いていった方がいいなんてことが丁寧に書かれてあると、ますます嫌になってくる。

かつて、出会い系サイトについては、知人の女性に聞いてみたことがある。「あれはやめといた方がいい。アルバイトをしていたことがあるのでわかってるんだけど、会えない仕組みになっている」と言われた。話を長引かせて、男にお金を使わせて、最終的には会えないらしいのだ。

いわゆるサクラというのだろう。でもそれは昔の話で、全部が全部そうではなく、自分と同じ気持ちの女性がきっとどこかにいるのではないかと思ってしまう。結婚までいったという話をたまに聞くからだ。

普通なんだけど、普通ではない、ちょっと変わった女の子。年齢も身長も気にせず、イケメンには興味がない。男っぽい男も嫌い。しい子がそうだった。

「私、誰とでもやっていける。でも貧乏人はだめよ」とよく笑わせてくれた。しい子みたいな人、いると思うんだけどな。

数日経って、またSさんと会った。話の続きをしたくて、「どういう女性が好みですか？」と聞いてみた。「心が優しい人だな」「えっ、顔じゃないんですか？」「顔より、まずは優しい心の持ち主だよ」「性格の良さは、顔に現れますものね」「そうそう」「服装は関係あります？」「あるある。こだわるな」「趣味が悪いと一緒に歩けないものね」。センスを重要視するところも似ていた。
「風俗はどうですか？」「昔は行ってたけど。終わってからが空しいでしょ」「僕も昔行ってたけど、もう行ってない。結局は恋人じゃないからね」「ひとりでやる方がお金がかからなくていいよ」

「うちのが亡くなってから、誘惑されたことはあるんだけど、出来なかった。僕の場合は、まず勃たせてくれないと」「ハッハハハ」「さっとやって、さっと帰るみたいな。お互い忙しいんだから。それでいて、心がこもっているの」「いいね」「もちろん、気が合って、話しているだけでも楽しくて、笑い合って、ご飯も美味しくて、趣味も一緒で、気持ちが優しくて、というのが一番の理想だけど、そんな人と巡り会えるのはもう無理かな～」「縁だよ。見えない糸で繋がっているると思うんだ」

波打ち際を犬と歩きながら、Ｓさんはさらに語ってくれた。
「元気な妻が亡くなったとき思ったんだ。人生、いつ生まれ、誰と出逢い、いつ次の世界に行くのか、決まっているのではと。お洒落で、心の美しい女性と手を繋いで、由比ヶ浜を散歩することが、僕の小さな夢で、小さな幸せかな」

Ｓさんは明るい。隠し事がない。ふりかかった運命に対しいつまでも悔やまない。「僕はストレスフリーなの」と言う。ものを知らない僕は「ストレスフリーって何？」と訊く。「ストレスがひとつもないの」。びっくりした。僕は悩んだり後悔ばかりしているからだ。「じゃ、いつ死んでも悔いはないみたいな」
「うん、やることやったから」

これまでつきあってくれた女の子たちを、僕はいまでも好きだ。いい思い出しか残っていない。女性は過去の男にはまったく未練がないようだけれど。してくれた人としてくれなかった人との差はものすごい差である。大感謝だ。懐かしくて、つい名前を呼んでしまう。もちろん、しい子ちゃんの名も呼ぶ。死ぬときは思い出すだろう。愛があればエッチは感動そのものだからだ。

2021.10.5 ユリカモメ

普通の人の声が一番正しい

昔からアンケートが好きだった。食べ物屋などに入ったとき、どうしても納得のいかないことがあると、帰り際「ここ、アンケート用紙ないのかな」としい子に尋ねてみる。ふざけてなのだが、しい子の「よしなさいよ」という顔を見たさに言ってみたくなる。

お店の気に入らなかったところを面と向かっては言いづらいものだから、初めからアンケート用紙がテーブルに備えてあればいいのにと思うのだ。黙って二度と来なくなるよりも、理由を伝えた方が親切である。店にとっても有意義なはずだ。もちろん見当違いなことや無理難題な意見は無視してもかまわないけれど、改善できることは改善していった方が良いと思うのである。

僕が本屋を開いていたときもアンケート用紙を配っていた。品揃えの希望なり店への苦情をお客さんに記入してもらった。店の大きさは限られているから、何かの分野の棚を増やせば何かの棚を減らさなければならないので、全員の希望通りにはならないけれど、アンケートは随分と役に立った。

そのころ漫画がすごく売れていたので、倉庫を全部、漫画コーナーにする計画もあったが、もう勘弁してくださいと、こちらが謝りたくなるくらいの嫌な立ち読み客に悩まされていたから、逆に棚を減らしてしまった。ビニール詰にすれば解決できたことに気づくのが遅かった。

本屋は入場料なしで本を触り放題、毎日通って全巻読み切り、いっさい買わなくたっていい。バーのカウンターに座って飲み物を注文しないのと同じだ。

お母さんが本を選んでいる最中、お子さんが平積みの本にもたれかかり、暇を持て余して文庫棚の背表紙の上部を指でチョンチョンと引っ掻いて何冊も破いてしまうこともあった。

「本日の新刊」棚に並べていた、埴谷雄高『死霊』（河出書房新社）という本を二、三人の中学生が店内に入ってきて、おっ面白そうだとすばやく見つけ、得意そうに手に取って、重厚な黒い化粧箱から取り出してしまう。当然思っていた本と違うので、あわててケースに戻すのだが、パラフィン紙はビリビリに破れてしまった。

小さな町の小さな本屋は常にこういう運命にある。様々な人が住んでいるから様々な品揃えになる。お客さんが本屋を育ててくれる。いい思い出もあったが、閉店するまでに二十一年かかった。

時代は変わり、椅子まで用意してある本屋ができ、Amazonが出現した。それでも、本屋時代を反省すると、あゝ、もっと個性的であるべきだったと後悔している。いまでも夢にまで出てくるくらいだ。

アンケートを取ろうと思ったきっかけは、一時期川崎堀之内のお店に通っていたからだ。お風呂から上がって見送られて帰るとき、低姿勢なボーイが店の外の薄暗がりのところで、「女の子のサービスはいかがでしたでしょうか？」と尋ねるのである。「良かったです」とか「うーん、いまひとつだった」とか答えていたわけだが、おそらく全員にそうやって聞き取りをしていたはずで、サービス向上のため、社員教育なり、商売繁盛に役立てていたのだと思う。悪いところは積極的に直していこうという姿勢に好感が持てた。

本屋をやめてライブ活動をしてからもアンケート用紙を配った。ライブの感想、良かった曲、次回リクエストなどを書いてもらった。もちろん全員が書いてくれたわけではないから、不満を持って帰られた方もいたかもしれないが、僕はアンケートを読むのが楽しみだった。

そんな具合だから、Twitterを始めたときも、「リツイート」してくれたり「いいね」が増えると嬉しかった。無視されるよりは立ち止まってくれた方がいい。認められたい。褒められたい。発表したり、発言する人は、みな多かれ少なかれ自己顕示欲を持っているからだ。

今は歌うことを数年前から休止しているし、ほとんど発信もしていないから、Twitterで「早川義夫」を検索しても新しい書き込みはめったにない。それでも「ジャックス」「かっこいいことはなんてかっこ悪いんだろう」「サルビアの花」という文字は出てくる。そればかり出てくる。

僕にとっては五十六年も前のことだから(とはいっても自分がしてきたことだから知らないというわけにはいかないのだが)、正直あまり興味がない。読み飛ばしてしまう。

本屋を終えて、再び歌い出してからの歌や本についての感想があると嬉しい。今の僕に繋がっているからだ。ライブ動画の紹介や本からの引用があると、こんなこと書いたかしらと思えるくらい新鮮に読める。引用した人が新しい作者に生まれ変わる。

人からどう思われようが、何を言われようが気にせず、自分のやりたいようにやっていくのが強くて正しい姿勢かもしれない。しかし、自分を客観視できないため、独りよがりになってしまう場合もある。

自惚れないよう、落ち込まぬよう、おかしくないかどうか相談できる人がそばにいるといい。「専門家は保守的だ」（片桐ユズル）という言葉もあるくらいだから専門家でなくてもいい。信頼できる友人とかパートナーとか、いわゆる一般の普通の人の声が一番正しいと僕は思っている。ダメなときは黙っていて、良いときだけ微笑んでくれる。

一九九七年に『恥ずかしい僕の人生』というアルバムをリリースしたとき、「ミュージックマガジン」誌である音楽評論家から酷評された。汚い言葉の羅列だったので、「批評家は何を生み出しているのでしょうか」という歌を作ることができた。人を貶すのが批評なのではない。人を鏡にして自分を映し出すのが批評なのだ。「♪本当の評論ならば　あなたの歌が聴こえてくるはず」と思ったからである。

文学賞は小説家が選考委員だ。漫才だって現役の芸人が選考する。音楽の世界だけ評論家と名乗る人が点数を付けている。日本レコード大賞は新聞記者が投票する。だから何なんだと言われてしまうくらい、どうでもいいことだけれど。

ふいに蘇ってくる映像

散歩中たまに、鼻歌というか、ふいにメロディが浮かんでくるときがある。特別好きな歌でも、気になっている歌でもない。無意識に口ずさんでしまうのだ。

たとえば、フォークダンスの「オクラホマ・ミキサー」や「マイム・マイム」だ。高校時代の甘酸っぱい思い出だ。あらためて、歌ってみるといい曲だなと思う。こういう軽快な四拍子の曲を僕も作れたら少しは明るい道が開けたのに。僕の作る曲はほとんどが八分の六拍子だから、歩きながら口ずさむことができない。

　ヨドバシカメラの歌も浮かんだことがある。「♪まーるい緑の山手線　真ん中通るは中央線」というCMだ。昔から耳に入っていたから馴染んでしまった。さらに、「♪ズンズンズンズンズン　ズンズンズンドッコ　学校帰りの森蔭で　ぼくに駆け寄りチューをした」(ドリフのズンドコ節　補作詞なかにし礼)も口ずさんでしまった。

　この間は、春日八郎の「お富さん」だ。一九五四年、僕がまだ小学一、二年生の頃の流行歌だ。家の中で誰かが歌っていたのだろうか。随分と古い歌を思い出したものである。駅に向かう細い道を自転車に乗りながら、よその家の外壁の色を何気なしに眺めていたら、黒壁の家を続けて見かけたので、その瞬間「♪粋な黒塀　見越しの松に　仇な姿の　洗い髪　死んだはずだよ　お富さん」と歌ってしまった。

脳のどこかにある記憶のふたが普段は閉まっているのに突然バカッと開いてしまったのだ。ジョン・レノンやシャルル・アズナヴールの歌でないところが恥ずかしい。

最初に音楽っていいなと思った曲は、中学の授業で教わった「雪の降る街を」だった。「♪雪の（Am）降る（F）街を（Am）」とマイナーコードから始まり、「♪遠い（A）国から落ちて（D）くる」からメジャーコードになり、「♪この思い出を（A）この思い出を（F）いつの日（D6）か（E7）包まん（A）」で雰囲気が変わり、最後は「♪暖かき（F#m）幸せの（F）微笑（D）み（A）」で終わる。

もちろん当時コードは知らず、今回調べてわかったのだが。このメロディと和音の展開がなんとも心地よい。

鎌倉市では夕方五時（冬季は四時三十分）になると、防災スピーカーから一斉に「夕焼け小焼け」が流れてくる。演奏に合わせて歌ってみると、ここの部分はこの言葉が、このフレーズはこの言葉がぴったりだなと思う。いいメロディがあっても、いい言葉だけがあっても、そのふたつがぴったりと結ばれなければ歌にならない。

断片的に浮かんだメロディはiPhoneに残してあるのだが、伝えたい心情は、詩ではなく、こういった文章にしか表して来なかったため、僕の歌作りはひどく難儀する。詞とメロディが同時に生まれてくるのが理想だ。

過去の一場面がふと蘇ってくるときがある。たとえば、青森の小さなライブハウスでの終了後、打ち上げの席に男性ふたりが合流した。誰だかわからなかったので「どちらさんですか?」と訊いた。ふたりがどう答えたか、周りの人たちはどういう顔をしていたか、そのあとどうなったかの記憶はいっさいない。ただ、ブルーハーツの甲本ヒロトさんと真島昌利さんが椅子に座ろうとしていた映像だけが今もまぶたに張り付いている。

東京から小樽まで聴きにきてくれた方がいた。打ち上げにも参加してくれたのだが、僕は何も知らなかったので一言も会話を交わさなかった。音楽制作では有名な方だとあとでマネージャーから聞いた。どうして教えてくれなかったのかと尋ねると、プライベートで来ているのだろうから、こちらから声をかけるのは失礼であるとのことだった。僕はお話をしたかった。

イベントの司会を任されていた女性の声がすごく魅力的だったので、打ち上げの席で「歌を歌ったらいいと思うな」と勧めてみた。あとで知ったのだが、有名な歌手の方であった。

斉藤和義さんがライブを聴きにきてくれた。ご挨拶をするとき間違えて別な方の名前を口にしてしまった。のちに「天使の遺言」(森雪之丞作詞)をカバーしてくれた。動画を観て圧倒された。

たまとは「この世で一番キレイなもの」を一緒に演奏した。せっかくお会いできたのに、控え室で僕はHONZIとばかり喋っていて、彼らとお話をしなかった。
ステキな方から楽屋に豪華な花束が届いた。スタッフが一言も伝えてくれなかったので、僕宛ではないと思ってしまい、お礼を言いそびれた。また別な日、新宿ゴールデン街劇場での打ち上げの席で、このあと打ち合わせがあると言っていたその方の真っ白いワンピースにビールをこぼしてしまった。

遠藤ミチロウさんの口利きで、北谷と那覇で歌うことになった。僕は初めての沖縄だったかもしれない。出発ロビーの椅子で待っているとき、ミチロウさんから、パック入りのお稲荷さんと海苔巻きを「どう?」と勧められた。とっさに僕は「あっ要らない」と答えてしまったが、僕の分まで買って来たことにあとで気づいた。桜坂劇場近くの公園に着くと、ベンチに座って「ガジュマルという木が好きなんだ」とミチロウさんは話した。先ほど途中で店屋に寄って買った袋から缶詰を取り出し、ノラ猫たちにあげていた。

お稲荷さんを断ってしまったことを思い出したら、別なことが蘇ってしまった。やはり羽田での出来事だ。女の子が「コーヒーを飲みたい」と言うので、「じゃ、買ってきてあげる」と僕は気を利かすつもりで立ち上がった。近くに自動販売機を見つけたので缶コーヒーを買って渡すと、「わたし、缶は飲めないの」と言われてしまった。女の子は自ら買いに向かった。まもなくすると、淹れたてのコーヒーカップを手にして戻って来た。コーヒーを飲む習慣がない僕は残された缶コーヒーを飲んだのかどうしたかの記憶はない。

大槻ケンヂさんのレコーディングで「人間のバラード」に参加したとき原曲は四拍子なのに八分の六拍子で弾いてしまった。そのせいでタイトルをバラードに変更せざるを得なかった。仲井戸麗市さんの「My R&R」をリクオさんとライブ演奏するときも八分の六になり困らせた。「身体と歌だけの関係」（もりばやしみほ作詞作曲）をカバーしたときからそういう体質になってしまった。

二十二歳の頃、松本隆さんに詞を依頼して「力石徹に捧げる歌」を書いてもらったのに曲をつけることができなかった。桑田佳祐さんの「アメンボの歌」を歌いこなせなかったことも悔いが残る。

失礼なことをしたのはこの他にもいっぱいある。義理を欠いたこともあるだろう。みっともないことをしたのはいくつもある。それらがいつも頭の中を占めているわけではないが、楽しかった思い出の中に隠れている。なんの関連性もなく、鼻歌のようにふいに蘇ってくる。安らかに眠れるだろうか。

2006.11.22　遠藤ミチロウ　那覇希望ヶ丘公園

待っていてくれる人がいれば

「♪雨の日はしょうがない」というフレーズが時々頭をかすめるので、曲をちゃんと聴きたくなり、YouTubeの「小室等「雨が空から降れば」おんがく白書」を開いた。

途中でインタビューになって、「どんなときでもこの歌はね、全部受け止めてくれるんですよ。それはある意味では何にも言ってないからだと思うんです。ただ一つ言ってるのは、しょうがない、ということなんですよね」に続いて、「人は誰かが待っててくれると思わないと生きていけない」と語られていた。

小室さんとは、同じ時代に歌っていたはずなのだが、活動する場所が違っていたのか、ほとんど接点はなかった。同じステージに立ったことも、お話ししたこともなかった気がする。それから十数年後、突然、早川書店を訪ねに来てくれた。

もう一度歌わないんですか、という漠然とした話ではなく、何月何日どこそこのステージで歌ってくれませんかという、具体的な誘いであった。まだその気がなかったので、失礼ながらお断りした。

その後、何年かして僕は再び歌い出したわけだが、小室さんは気にかけてくれていたのだろうか、『小室等の新音楽夜話』という番組にゲストとして呼んでくれた。「ジャンルは?」とか「肩書きは?」と訊ねられ、戸惑って理屈っぽい答え方をしてしまったが、「この世で一番キレイなもの」を一緒に歌った。

僕はこれまでに音楽で生活できたことは一度もない。それなのに、プロフィール欄にすまして「歌手」と表記しているのは、経歴詐称にあたるかもしれない。「売れないシンガーソングライター」が妥当だが、わざわざ言うことではない。書店をやめたあと、何で生計を立てているか、実際のところを書いては趣がない。夢物語として「歌手」とさせていただいた。

肩書きは仮の姿でしかない。
生まれてくるときと死ぬときは何者でもない。
僕が死んだら築地本願寺の合同墓に入ることになっている。
すでに壁面には名前が刻んである。
桜の樹の下で待っていてくれる人がいる。

潔癖症

昔ある歌舞伎役者が「誰が握ったかわからないおにぎりは食べられないんです」と語っていたのを聞いて、あっ、その気持ちわかる。僕もそうだとそのとき思った。今では、ポリエチレン製の手袋などがあって、直接手が触れるイメージはなくなったが。

学校の昼食時、友だちのお弁当箱の中身をつまみたいと思ったことはない。自分が潔癖症だとは思っていないが、ほんの少しだけそういうところがあるのかもしれない。

一つのソフトクリームを男女が少しちょうだいって食べていたら、相当な仲だと思ってしまう。ただの友だちだったら羨ましい。好きな人だったら嫉妬する。実は大学時代食堂で、結婚前のしい子がそうだった。その光景を一目見て、なんてさわやかなのだろうと思った。輝いていた。かえって清潔に思えた。

結婚後、その話をしたことはなく、尋ねたこともない。あれは幻だったのだろうか。それとも幻にしたかったのだろうか。もしかしたら記憶違いで相手は女性だったかもしれない。今となってはわからない。


そんなことを書いていたら、たまたま録画しておいたTV番組『ダウンタウンDX』で、キレイ好きの人たちが集まってトークをしていた。「私は、水滴が付いていると嫌なので、お風呂場、洗面所、キッチンまで、使い終わったら、一滴も残さず拭き取ります」とか、「妻とは同じトイレを使わず、家にはそれぞれのトイレがあるんです」「銭湯に行っても、帰ってきてまたお風呂に入る」

「公共のトイレは便座に座らず空中で用をたす」だった。

「そもそも自分の家に人を入れることが無理」という意見があった。別な番組でも、中居正広さんは「他人を家に上げられない。他人の家にも上がれない」と答えていた。今田耕司さんは「グラスの水滴がテーブルに付くとすぐ拭いてしまう」と白状していた。

『痛快！明石家電視台』の「吉本新喜劇ＳＰ！」では、清水けんじさんが「女子はいいんですけど、男性がトイレを貸してくれと言ったら、一階の共同トイレを使ってくれと言います」と主張していた。

男は立ってオシッコをすると、必ず、飛び散るからだ。しかし余談ではあるが、座ってやるのは快適かというとそうではない。いつも同じ大きさではないから手を添えなければならないし、ホントは女子のように拭きたいし、玉袋が水面に付いてしまう場合だってある。

いずれにしろ潔癖症の人がこんなにもたくさんいるとは思わなかった。「鍋料理をみんなで突《つつ》くことができない」「大皿料理は苦手だ」「箸の持ち手側で料理を取り分けてもらいたくない」「公共のスリッパを履いたら、靴下は捨てる」「握手ができない」。だとしたら、電車のつり革には絶対さわれないだろう。トイレットペーパーの三角折も不潔に思うかもしれない。「当然、歯磨き粉は自分専用のものを使う」など、キリなく出てくる。司会者が「では、キスをするときはどうなんですか?」と尋ねると、「あれは別物なんです」と全員が答えていた。

それでも、潔癖症の人たちは注意を怠らないだろう。なにしろ、口の中と手はバイ菌が多いらしいから、うがいと手洗いをしてからキスをしましょうということになる。ムードはない。

風俗で「即尺」というプレイがある。熱烈な恋人同士でもある。部屋に入った途端、フェラチオをする行為だ。される側の男は気持ちがいい。意外性があっ

2021.8.30 由比ヶ浜

て、まるで天使に包まれているようだ。音楽に例えるならば、イントロなしで歌い出すのと同じだ。感動する。

僕はシャワーを浴びてから舐めたいと思っている。

嫌な思い出

一時期、自惚れていた。普段よりも大きい会場で歌い終わって楽屋口を出るとき、ファンの人に囲まれるのではないかと心配したことがある。けれど誰一人としていなかった。夢ではなく、本当の話である。

大きな病院の待合室で名前を呼ばれるときも、知っている人がいて気づかれてしまうのではないかと一瞬思う。これもこれまでに一度もない。視線すら感じたことがない。そのうち誰も僕のことを知らないことがよくわかった。

ただし一度だけ、入院しているとき担当ではない看護師さんから廊下で「早川さんですよね」と小声で話しかけられたことはある。美容院でも一度気づかれたことがある。思わぬところで声をかけられたのは、これまでの人生の中で、たった二回だけだ。

再び歌い始めてから数年経ったころ、放送局の廊下で昔の音楽仲間とすれ違った。「よっちゃんも、ＮＨＫに出られるようになったんだ」が第一声だったので、呆れてしまい、笑顔のまま立ち去った。歳をとって、せっかく忘れっぽくなっているのに、変な場面だけは鮮明に憶えている。

このように、思い出したくない話というのは、誰にでもいくつかはあるだろう。僕の場合は、暴力的なことだ。高校卒業後、クラスメイトから、暴力を受けた。相手は、ボクシング経験者を連れてきて、僕ら数人を工事現場のようなところに連れて行き、殴った。

お腹を殴られ痛くて苦しかったが、心の中で、バカじゃないかと思った。なんで怒っているのかの説明はなかった。推理すれば、卒業間際あたりに、それまで一緒に遊んでいたグループ内の一人が、なんとなく仲間はずれの形になってしまったので、その復讐だったのかもしれない。加害者は忘れ被害者は根に持つ。

武蔵新城で本屋をしていたころ、外の週刊誌棚を整理しに行ったら、歩道を歩いていた大柄な男が僕を見つけて「ナントカ、カントカ」と迫ってきた。何を言っているのか興奮しているのでよくわからない。とにかく怒っている。髪を伸ばしていたから、それが気に入らず、蹴散らかしたいのかと思った。それしか考えられなかった。

そのうち男は週刊誌のカラーページを見たさに、たびたび来るようになった。そのときも僕を見つけると襲いかかりそうな勢いで怒鳴る。店内には入って来なかったのと、そのうち見かけなくなったから良かったものの、暴力的な人は怖い。

どういう考え方やどんな思想を持ってもかまわないけれど、それを人に押し付けてはいけない。自分がされたくないことは人にしない、というたったそれだけのルールをお互いが守れば、争いはなくなるはずなのだが。

鎌倉に引っ越してからも嫌なことがあった。夕方、ゆきと散歩中、公園でボール遊びをしていたら、夏の間、いつも同じ場所に座っている男から、突然、大声で怒鳴られた。それまでにもその男がいる前でボール遊びをしていたから、何を怒っているのか最初はわからなかった。キョトンとしていたら、さらに怒った顔で手まで振り回し、飛びかかってきそうな剣幕でまくし立てる。

仕方なくゆきを連れてその場を去ったが、去り際においてもまだ大声で繰り返し叫んでいる。おそらく、犬を近寄せるなとか、ボール遊びをするなと言いたかったようだ。公園に落ちていたゴミを拾う姿を一度目にしたことがあるので、悪い人ではないと思っていたのだが、マナー警察のような人なのかもしれ

2021.6.1 公園で遊ぶゆき

ない。
その話を犬仲間に話したら「あゝ、あの男、職務質問されていましたよ」と教えてくれたから、やはり、おかしい人なのだろう。あるいは、かつて鎌倉でも西早稲田でも自転車に乗っているとよく警察官に呼び止められた僕と同じように、不審者扱いされるタイプなのかもしれない。それ以来、別な散歩コースにした。

この程度の嫌な話は、たぶん誰にでもあるだろう。もしも別な時代に生まれていたら、それどころではない。軍隊で理不尽なしごきを受けたり、敵地で捕虜となったり、冤罪なのに無期懲役になったら。もしくは、老人ホームで恋愛ができると思ったら大間違いで、職員さんから日常茶飯事いじめを受けたら、比べものにならない。

虫嫌い

ゴキブリとは暮らせない。船虫も無理だ。クモやカエルならいいけれど、逃げ足の速い虫はぞおーっとする。家具やフローリングの色を選ぶときも、こげ茶色は保護色になってしまうから避ける。

結婚したてのころ、代田橋に住んでいた。お蕎麦屋さんに出前でたぬきそばを頼んだら、蓋の裏に大きなゴキブリが張り付いていていた。

武蔵新城での本屋時代、近所のとんかつ屋さんに家族で食べに行ったとき、突然テーブルの上を這ってきたゴキブリを女将さんがものすごい速さで手で握りつぶしたのを見てしまった。

実は早川書店でもゴキブリが出た（商店街の外れで隣がお蕎麦屋さんだった）。平台を整理しているときに見つけたので大声を出しそうになった。ゴキブリホイホイを引き出しの奥や中にたくさん置くしかなかった。二階が住まいだったので、あらゆるところにゴキブリホイホイを置いた。組み立てるのは、しい子と長女の役目だった。

次女が間違ってホイホイを踏んでしまい、「痛い痛い」と泣き叫んだ。しい子が「痛いはずないでしょ」とたしなめたので、僕は「痛いかもしれないじゃないか」と怒鳴った。ホイホイの強烈なノリは人間にも害があると思ったからだ。

西早稲田に住んでいたころ、高田馬場駅前にあるとんかつ屋さんに食べに行った。カウンター席に座っていたら、目の前にあるソース瓶などを避けながらゴキブリが這ってきたので、思わず「わっ」と叫んで立ち上がった。けれど、それ以上騒ぐことはできなかった。キレイなお店で混んでいる。恐る恐る食べたが、なんの味もしなくて、ほとんど残して、二度と行くことはなかった。
外食をするならラーメン屋さんか居酒屋が多かったのに、そこで鉢合わせしたことはない。たまたま僕の場合は、とんかつ屋さんとお蕎麦屋さんだった。

高橋源一郎と山田詠美の対談『顰蹙《ひんしゅく》文学カフェ』(講談社)にゲストに招かれた車谷長吉が高級料亭で下働きをしていたときの話をしている。

車谷　僕の基本的な思想は、人間としてこの世に自分が生まれてきたことは罪だという考えなの。(中略)自分だけじゃなくて、他人も、山田さんも、高橋さんも、その他自分の親も含めてみんな。それを僕が一番痛感したのは、料理人を九年やった。そうすると毎日毎日、魚、エビ、カニ、その他ウズラとかを殺すわけですよ。それでたとえばコイなんかは、「まな板の上の鯉」なんていう言葉があるけれども、まな板の上に置くと涙を流しますよ。(中略)それから、料理場というところはネズミの巣なんです。帰るときはネズミとりを仕掛けて帰るわけです。翌日朝八時ぐらいに料理場に出勤すると、必ずネズミがひっかかっている。ひっかかっていない日はないんです。それでネズミをかごから引き出して、盆の窪のところを出刃で仕とめるわけです。毎日ネズミを殺した出刃で魚をさばいて刺身を盛る。

高橋　それは、やだなあ(笑)。

山田　私もゴールデン街で働いていたときに、調理している手元に来るゴキブリを包丁の背でポンと叩いてから、シャッと横にのけて、それで卵焼きを切っていた(笑)。

　ありうる話である。店側はお客さんに見えなければいいわけで。飲食店はゴキブリやネズミが好む環境だから発生率は高いだろう。仮に一軒だけ頑張って清潔にしても、あらゆる隙間や排水溝からやってくる。

好きなもの嫌いなものを伝えたくなる

購入したオーディオ装置に十分満足しているのに、もしかして、もっといいミニコンポがあるのではないかと気になってしまう。これが僕のおかしなところである。結婚して幸せな生活を送っているのに、あっちの女性の方が良かったのではないかと思うのと同じだ。

実は最初の段階からビクターEX-D6と迷っていた。コンパクトでデザインがいい。ビクターの犬の置物を横に置けば絵になる。試聴して明らかに良ければ買って、家にあるオーディオは娘にあげればいいと思った。
横浜ヨドバシカメラに出かけた。展示品のEX-D6と自分のiPhone 7を接続して、いつも聴いている音楽をかけてみる。大型電気店は店員さんが寄って来ないから、ゆっくりチェックできる。

ところが、期待していた音ではなかった。迫力があるわけでもない。特別に美しい音でもない。姿形は惚れ惚れするのだが、音に関しては魅力を感じなかった。もちろん、試聴する環境が違うから正確な比較はできないのだが、家で聴いていたSMC-350BTの方がはるかに音が豊かであった。

数週間経って、念のためにもう一度、今度は大船のヤマダ電機に立ち寄って、先日と同じ方法で聴き比べてみた。なんてしつこい男なのだろう。結果は同じであった。買い換える必要を感じなかった。SMC-350BTを選んで正解だった。

そのうち外出先でも音楽を聴きたくなって、ヘッドフォンAnker Soundcore Life Q35を購入した。僕の場合、イヤホンは耳から落ちてしまうので、大袈裟だが仕方がない。

夕方の散歩は、あまり他の犬とも人とも会わない場所でボール遊びをするので、ヘッドフォンは調子がいい。なにしろ、耳に一番近いからかなりの迫力がある。なんのことはない、スマホとヘッドフォンさえあれば、ミニコンポはいらなくなってしまった。あとは、ノートパソコンで広告なしのYouTube動画を観ることができれば僕は十分だ。

散歩しながら、YouTube Musicの「高く評価した曲」をシャッフルで聴いていたら、突然、自分の歌が流れてきたので、恥ずかしくなってしまった。暗いのだ。バンド編成ではないから侘しい。

いや、YouTubeから聴けるライブ音源、銕仙会能楽堂での「パパ／純愛」や鎌倉歐林洞での「暮らし」など（たとえ音質に不具合があっても）、悪くはないと思うのだが（つい自分に甘くなってしまう）、ザーズの歌声のあとに聴く音楽ではない。種類が違う。

ネットで「世界の歌姫ランキング30」を開いて見た。ララ・ファビアンがどのくらいの位置なのか知りたかったからだ。長い間音楽を聴いて来なかったから、もしかして、僕の知らないすごい歌手がいるのではないかという期待もあった。ところが、ララ・ファビアンはベスト30に入っていなかった。三十人の方たちのお名前もほとんど知らなかった。さらに拍子抜けしたのは、その方たちの歌をYouTubeで聴いても（イントロと歌い出しだけだが）、惹きつけられるものがなかった。

世間の流行と自分がいいなと思うものが一致しないのは、音楽だけかと思ったら映画もそうである。「世界歴代映画興行収入２００」を見ても、二百本の中で僕が観たのは「タイタニック」だけであった。あとはタイトルを見ても観たいと思わない。

本もそうだ。昔からベストセラーは読まない。本屋をやっていたときも村上春樹を読んだことがなかった。話題になっているドラマも歌もゲームもスポーツも流行りの食べ物にも興味がない。人の集まる場所には行かない。利用しているのは、Amazonとユニクロだけだ。

別にムキになっているわけではなく、自然とそうなってしまった。普通でありたいと願っているけれど、たぶん、おかしいのは僕なのだろう。

人はみなそれぞれ違う。みんな頑固だ。他人から薦められたものを同じようにいいとは思わない。自分で見つけたものが一番いいと思っている。

もう一度観たい映画はと訊かれたら、

『サイコ』(一九六〇年、アンソニー・パーキンス)

『雁の寺』(一九六二年、若尾文子)

『俺たちに明日はない』（一九六七年、ウォーレン・ベイティ、フェイ・ダナウェイ）
『冷血』（一九六七年、ロバート・ブレイク、スコット・ウィルソン）
『わらの犬』（一九七一年、ダスティン・ホフマン、スーザン・ジョージ）
『ゴッドファーザー』（一九七二年、マーロン・ブランド、アル・パチーノ）
『ペーパー・ムーン』（一九七三年、ライアン・オニール、テイタム・オニール）
『タクシー・ドライバー』（一九七六年、ロバート・デ・ニーロ、ジョディ・フォスター）
『鬼畜』（一九七八年、岩下志麻、緒形拳）
『郵便配達は二度ベルを鳴らす』（一九八一年、ジャック・ニコルソン、ジェシカ・ラング）
『愛人／ラマン』（一九九二年、ジェーン・マーチ）
『ショーシャンクの空に』（一九九四年、ティム・ロビンス、モーガン・フリーマン）

『おっぱいとお月さま』（一九九四年、マチルダ・メイ）
『黙秘』（一九九五年、キャシー・ベイツ）
『真実の行方』（一九九六年、リチャード・ギア、エドワード・ノートン）
『ロリータ』（一九九七年、ジェレミー・アイアンズ、メラニー・グリフィス、ドミニク・スウェイン）
『秘密の絆』（一九九七年、ホアキン・フェニックス、リヴ・タイラー）
『大いなる遺産』（一九九七年、イーサン・ホーク、グウィネス・パルトロー）
『グリーンマイル』（一九九九年、トム・ハンクス、デヴィッド・モース）
『サイダーハウス・ルール』（一九九九年、トビー・マグワイア、マイケル・ケイン、シャーリーズ・セロン、キャシー・ベイカー）
『ピアニスト』（二〇〇一年、イザベル・ユペール）
『ミスティック・リバー』（二〇〇三年、ショーン・ペン、ティム・ロビンス）
『きみに読む物語』（二〇〇四年、ライアン・ゴズリング、レイチェル・マクアダムス）

『コーラス』（二〇〇四年、ジェラール・ジュニョ）
『あるスキャンダルの覚え書き』（二〇〇六年、ジュディ・デンチ、ケイト・ブランシェット）
『レールズ＆タイズ』（二〇〇七年、ケヴィン・ベーコン、マーシャ・ゲイ・ハーデン）
『グラン・トリノ』（二〇〇八年、クリント・イーストウッド）
『サラの鍵』（二〇一〇年、メリュジーヌ・マヤンス）
『SHAME　―シェイム―』（二〇一一年、マイケル・ファスベンダー、キャリー・マリガン）
『ザ・ガール　ヒッチコックに囚われた女』（二〇一二年、トビー・ジョーンズ、シエナ・ミラー）
『偽りなき者』（二〇一二年、マッツ・ミケルセン）
『フランス組曲』（二〇一四年、ミシェル・ウィリアムズ、クリスティン・スコット・トーマス）

『ハンズ・オブ・ラヴ　手のひらの勇気』（二〇一五年、ジュリアン・ムーア、エリオット・ペイジ）

『スポットライト　世紀のスクープ』（二〇一五年、マーク・ラファロ）

『母と暮せば』（二〇一五年、吉永小百合、二宮和也）

『わたしは、ダニエル・ブレイク』（二〇一六年、デイヴ・ジョーンズ）

『グッバイ、ケイティ』（二〇一六年、オリヴィア・クック）

『しあわせの絵の具　愛を描く人　モード・ルイス』（二〇一六年、サリー・ホーキンス、イーサン・ホーク）

『きっと、いい日が待っている』（二〇一六年、ハーラル・カイサー・ヘアマン、アルバト・ルズベク・リンハート）

『ベスト・オブ・エネミーズ　～価値ある闘い～』（二〇一九年、タラジ・P・ヘンソン、サム・ロックウェル）

『家族を想うとき』（二〇一九年、クリス・ヒッチェン）

『ランドスケーパーズ　秘密の庭』（二〇二一年、オリヴィア・コールマン、デ

ヴィッド・シューリス）
と答える。
もう一度読みたい小説は、安岡章太郎『サアカスの馬』、車谷長吉『忌中』だ。もしも「日本で最も素晴らしい歌を作る歌い手は」というアンケートがあれば、「浜田真理子」をあげる。

好きなもの嫌いなものを列記したい。相性が合うかどうかがわかるからだ。柴犬が好き。お蕎麦が好き。網タイツ、迷彩服、ペイズリー柄は好まない。人力車は恥ずかしくて乗れない。あっ、私と同じという人がいるかもしれない。でも全部が同じっていうわけにはいかないだろう。気が合わない部分もある。
好きな映画を、好きな音楽を薦めたいわけではない。考え方に賛同してもらいたいわけではない。こういう人間もいるということを知ってもらいたいだけだ。生きていたことを認めてもらいたいだけだ。

2023.2.4 コサギ

笑いについて

芸人の一発ギャグで笑ったことがない。「ヒロシです」は好きだったけど、「コマネチ」を筆頭に「欧米か！」「どんだけ〜」「ワイルドだろぉ」「ハンバーグ」「トゥース！」など、いったい何が面白いのかがわからない。「ペンパイナッポーアッポーペン」は世界まで流行ったらしいが意味がわからない。

漫才で笑うことは滅多にない。パンクブーブー「万引き犯の目撃者」、ロッチ「XPhone5」「マリッジオーシャンブルー」「やってまうヤツ」、かまいたち「UFJ

-USJ」「スポーツ界のパワハラ・不祥事」ぐらいで、あとはあまり面白いと思わない。寝ながら数回聞けたのはミルクボーイだけだ。「叔父」「オカンの好きな動物」「アスパラ」が好きだ。ベーコンの気持ちになると愛しくなる。

漫才を見ていると、しい子が「可哀想になっちゃうから見るのやめよう」と言う。話の持って行き方や動きがわざとらしいのだ。先が読めてしまう。必死に笑わせようとしている姿が哀れに見えてくる。最近はあまり見ないが、頭を叩くシーンも好きじゃない。学校のいじめはここから始まったのではないかと思ってしまう。

『痛快！明石家電視台』は好きだ。あとは『ロンドンハーツ』の「ラブマゲドン」、『水曜日のダウンタウン』の「自宅に誰かいるシリーズ」、『アメトーーク！』など。つまりは、芸人の芸よりも驚く姿やフリートークの方が面白い。しかし最近はそれもあまり笑えなくなってしまった。

ドッキリが好きといってもつまらないものの方が断然多い。何でもそうだ。好きなものができると嫌いなものが山ほど出てくる。しい子はドッキリが好きでなかった。そもそも人を驚かすという行為が好きでなかったようだ。新婚当初、ぼろっちい家に住んでいた。夜中、友だちと酔っ払った乱暴者の真似をして声を荒げトタン塀をガタンガタンと揺らし、妊娠しているしい子を驚かしたことがある。お腹の大きいしい子は慌てて台所の流し台によじ登って小さな窓から逃げ出そうとしたらしい。それ以来ドッキリが嫌いになったのかもしれない。

洋画の始まりにライオンが「ガオーッ」て叫ぶ配給会社がある。そのライオンが出てくるたびに「わたし小さい頃、怖いって、隠れてたの」という話をしい子はよくした。よっぽど気に入っている思い出なのだろう。

芸人の「すべらない話」を聞いて、僕も「すべらない話」ができるかどうか、

2022.4.14 カルガモ

過去を振り返ってみたが、一つも浮かんで来なかった。かっこよさではなく、みっともなさで人を笑わせることができる人を尊敬する。

今でも忘れられない喜劇役者は「雲の上団五郎一座」の三木のり平だ。中学生のころ、舞台中継をＴＶで観た。その後は志村けんだ。バカ殿様を面白いと思ったことはないが、「何にいたしやしょう」と手に唾を吐く威勢のいい寿司屋の大将は、人間をよく観察しているなと思った。

柄本明との「伝説のラーメン屋コント」も笑える。「志村けん＆大悟　温泉宿のマッサージコント」は最高だ。こういうことってあり得るだろうな、こういう人っているだろうなと思わせる。誇張したってリアルで自然だ。

さも歌っていますという歌い方が好きになれないように、演技していることがバレてしまっては役者じゃない。演技上手な人は演技をしていない。

恥ずかしい病気

本屋を開業しようと決めたころ、なぜか鼻が詰まるようになってしまった。それまで、鼻垂れ小僧でもなければ、鼻が詰まって困ったこともなかったのに、突然そうなってしまった。海水浴で耳に水が入ったので近くの耳鼻科で診てもらったあと、なぜか急に鼻の調子が悪くなったので、大きな病院で診てもらったら、蓄膿症と診断された。

左右の鼻と上唇をめくった左右の歯茎から、計四カ所を週に一度、局部麻酔で手術を受け一ヶ月入院した。

当時の鼻の手術は全身麻酔ではなかった。ごっつい男の先生が、鼻の奥になにやら金属の長い棒を次から次へと突っ込んでゆく。どんどん入って行くので、間違ってその棒が脳に突き刺さってしまうのではないかという恐怖に駆られた。ガリガリゴリゴリと音がする。骨を削っているのだろうか。喉には血がたまり呼吸が苦しい。さらに怖かったのは、手術中に医者が看護師と楽しげに旅行の話をしているのだ。

あんな恐ろしいことはなかった。もう二度と手術は受けたくない。ところがその後二十年経って、再び歌い始めようとしていた時期。ほっぺたが少し腫れてしまったようなので病院で診てもらったら、術後性上顎洞嚢胞と診断された。よくわからないけれど、最初の手術が不完全であったからだろう。

麻酔や技術の進歩で、今度は全身麻酔だ。眠っている間に手術は終わるからいいけれど、手術後、血止めのために突っ込んだガーゼを取るときが痛い。その数年後も発症し、同じ手術を受けた。遺伝なのか、ストレスなのか、そういう体質なのか、原因はわからない。もう嫌だ。

車谷長吉の小説『贋世捨人』(文藝春秋)にも蓄膿症手術で鼻のすぐ上の視神経を切られ失明した知り合いの娘がいたので自分も同じ医者に手術をしてもらう話が出てくる。「先生、あんた松下秋江の手術を失敗したんか。」「いやッ。わしと違《ちゃ》うで。」と医者は狼狽し、同じミスを犯したくないため、手術は途中までしかせず、以後、完治しないままであることが書かれてあった。

歌仲間にも同じ病気を持った人がいた。同病相憐れむで、葛根湯加川芎辛夷という漢方薬を薦めてもらった。今は病名を副鼻腔炎というらしいが、蓄膿症という病名が嫌だった。膿がたまるなんて、不潔に思えて、恥ずかしかった。

歳をとるとまぶたがくっついて離れなくなる。重力に負けてまぶたも頬も、おっぱいもお尻も下がり背まで縮んでしまう。くっついたまぶたを自力ですぐに元に戻せない。うちの母親がそうだった。歳をとるとこうなるんだなと思って見ていたら、自分がそうなってしまった。

頻尿になった。キッチンで食器を洗い始めると、洗面所で歯を磨き始めると、お風呂場でシャワーを浴びると、つまり、蛇口から水が流れ出すとつられてしたくなる。過活動膀胱というらしい。

犬の散歩で家に戻る玄関前で、泌尿器科の病院に着く一歩手前で、我慢できずに漏らしたことがある。一度でもそういうことがあると、出かけるとき慎重になる。生活の質が落ちるというやつだ。

自分がそうだから、女性がもしも我慢しているようだったら申し訳ないと思い心配してしまう。あるとき、女の子が初めて家にきたとき、「ここがトイレだから」と真っ先に教えた。帰ってから、もしかしたら、変な人と思われたのではないかと気になった。

この間は、エアコンを取り付けてくれた業者の方に、帰り際「よかったらトイレ使ってください」と勧めたら「大丈夫です」と断られた。メールで私見を述べたあともそうだ。何かにつけ、あれで良かったのだろうか、これで良かったのだろうかと悩んでしまう。これも病気である。

しい子との思い出

「わたし、よしおさんが死んだら、よしおさんのTシャツとかパンツ捨てないで、取っておいて、ニオイを嗅いで暮らすんだ」と言う。「なに言ってんの。俺は無臭だよ」「そんなことないわよ」と、しい子にとってはいい香りらしい。ある時は、こんなことも言った。

「わたし、よしおさんが死んだら、ちんこだけ切って、ホルマリン漬けにして、眺めて暮らすの」「お酒のおつまみとして、しゃぶってもいいし」。黙っていると、「怖い?」と面白がる。冗談ではなく本気かもしれない。かつて阿部定事件があった。同じようなきつい冗談を僕も言うことがあるから、仕返しをされてしまうのだ。


「よしおさんのは可愛いから好きよ」

「誰と比べてなんだよ」

「お父さんのとよ。小さい頃、お布団に入って眠る前に、いつもさわさわしてたから」

「硬くなってたんじゃないの」

「ううん、だらんとしてた」

海岸をチャコと三人で散歩している時の動画が残っている。

「袋ばっかり大きくなっちゃって、肝心の方がますますちっこくなっちゃったら困るでしょ」

「肝心ってどこのこと指すの？」

「棒、棒、棒、ぼー、ぼー」

「……。もっと、はっきり言って」

「えーと、何だっけ、何だか今忘れちゃった」

「何が大きくなるんだって？」

「あのー、さお。竿って言うんじゃないの？」

「何が小さくなっちゃうの？　何が大きくなっちゃうの？」

「たまが、たまが、たまが大きくなって……」

「医学用語で言って」

「きんたま」

「金玉、医学用語かよ」

「陰嚢だ」

「陰嚢？　陰嚢っていうのは袋のことを言うんじゃないの。睾丸て言うんじゃないの」

「あっそうだ、忘れちゃった」

「睾丸が大きくなっちゃうの？」

「それで、あっちは何？　あっ、わかった。ペニス」

「ハハハハハハハ」

「合ってるでしょ」

「陰茎って言うんだよ」

「えー？　そう。じゃー、英語でペニス？」

「英語かな？　何語かわからないけど」


「もっかい、復習。はい」

「インケイ」

「あなたの好きなものは？」

「えーと、コウガン」

ふたりで大笑いした。チャコは砂浜に座ってふたりの会話を聞いている。

「チャコ、笑っちゃうねー」と話しかけたところで動画は終わっている。

2021.9.5 ゆき

夢から落ちる

ベッドから何度も落ちたことがある。シングルベッドのときは頻繁で、セミダブルに変えても落ちた。危ないので、L字型の木製ベッドガードを取り付けた。しばらく効果はあったが、なにしろマットレスの下に挟み込むだけなので、力を入れるとガードごと落ちてしまう。

落ちるときは必ず夢を見ている。たとえば、大嫌いな虫から逃げ出す夢で、「ギャー」と叫びながら、自分の声にもびっくりして、同時にドシンと落ちる。

この間は野球の場面だ。僕は一塁走者で、盗塁をしかけている。牽制球がくるたびに一塁ベースに戻るのだが、なぜかベースが少しずつ離れてゆく。必死に足を伸ばして戻ろうとしても、なおもベースが離れていくので、思いっきり足を伸ばして戻ったら、ズトンと落ちてしまった。ガードごと落ちたので大きな音が響き、びっくりして目が覚め、腕や肩を痛めた。

背中をトントンと叩かれて起こされたことがある。びっくりして、はっと目が覚めた。朝か夜かがわからない。時計を見ると午前十一時だ。パソコンを枕元に置いて、何か書いている途中だったのだろうか、寝るつもりはなかったのに、うつ伏せで寝てしまった。なにしろ、犬の散歩のために毎朝四時に起きているから、眠くなってしまうのだ。

背中を叩いたのは、最初、ゆきかなと思った。けれど、そばにゆきはいない。めったに寝室には入ってこないし、しつけたわけではないけれど、ベッドやソファには上がらない。公園のベンチにはちゃっかり座るけど。

ゆきはリビングの小屋で寝ていた。目が合うと「なに?」というような顔をしている。やはり、ゆきではない。すると誰なのだろう。僕を驚かすつもりでしい子が呼びかけたのだろうか。そんなことはあり得ないけれどそう思った。背中を叩かれた感触だけがはっきりと残っている。娘に話したら「お盆だから帰ってきたのよ」と言われた。

セリフを覚えていないのに舞台に立ってしまう夢を見たことがある。他の役者は、みんなセリフが頭に入っているのに、僕だけ台本を渡されていないので何を喋ればよいかがわからない。突っ立ったままだ。僕だけ時間が止まっているように感じる。客席からは、いったいどうしたんだと失笑されている。

車の運転ができないのに車のハンドルを握っている夢も見た。これは怖い。スピードはどんどん増していき、サーキットのように、曲がりくねった道を猛スピードで走ってゆく。能力の限界を超えている。実力以上のものを出そうとしている。

真っ裸で本屋にいたことがある。青山ブックセンター六本木店のような本屋さんで、お客さんもたくさんいる。エロティックな写真や画集が平積みされている芸術書コーナーのところで、自分が裸になっていることに気づく。他の人は僕が裸であることに気づいていないようであり、気づいていないふりをしているだけのようにも思える。まだ悲鳴をあげられたり、通報されたり、取り押さえられてはいない。

僕は裸でいることが恥ずかしくてしょうがない。誰にも気づかれないよう、なんとかこの場から去りたいと思っている。あなたはどうして裸なのですか、と問われたら、どう答えたらよいだろうか。いつ服を脱いだかの記憶もない。どうやってここまで来たのかもわからない。帰りも裸で帰るしかない。電車に乗って帰るにしても、僕だけがこんな格好だ。いったいどうしたらいいのだろう。この場をうまくすり抜けることができるだろうか。そのあたりで目が覚めた。けれど、これは夢ではなく現実なのではないかとも思えてきて、しばらくは放心状態であった。

片山健画帖『エンゼルアワー』(幻燈社)の中に、銭湯で少年少女たちが服を着たまま風呂桶のお湯を体にかけている場面がある。全身がびしょ濡れなので皮膚がめくれているようでもある。裸になるべきところで服を着ているということは、服を着なければいけないところで裸になっているのと同じだ。

夢を見ている最中は、登場人物の心理状態までわかるくらい映像が鮮明だ。あまりによくできているので、忘れないうちにノートに書き留めておきたいと思うのだが、目を覚ますと、ほとんどの夢は瞬く間に消えてしまう。

氷山の一角のように意識と無意識は分かれていて、水面下の巨大な無意識の世界では、懐かしい記憶とともに不安や願望や妄想や思考などが入り混じって物語が作られ、眠っている間だけ鑑賞できるよう、まぶたの裏に深層心理が映し出される。

似た者同士は競い合う

同世代の遠藤賢司君とあがた森魚君と三人で同じステージに立ったことがある。打ち合わせを兼ねて食事会があった。個性が強い者同士だから何かの曲を一緒に歌うなんてことは考えられない。どの順番で歌うかだけが議題だった。

「僕は何番でもいいよ」と切り出すと、すかさず遠藤君から「嘘だね」と否定された。「誰だってトリで歌いたいはずだ。僕はトリで歌いたい」と主張した。遠藤君は正直だ。ステージの最後を自分の歌で締めくくった方が心地よいに決まっている。でも、僕は正直になれなかった。「優越感を持とうとすることは、劣等感を持っている証拠である」と思っていたからだ。妙な空気が流れた。黙っていたあがた君が「今回の企画は僕が言い出したので、僕が最初に歌います」と言って、あっさり順番は決まった。

数日後、マネージャーから電話があった。「あがたさんがやっぱり出番は最初より二番目の方がいいと言うので、早川さん、一番目に歌ってくれますか」という内容だった。「いいですよ」と答えた後、なーんだ、最初からそう言えばいいのにと思った。予想していた通りだった。

昔、遠藤君はステージ上で結構長めにチューニングをしてしまう人であった(そのころチューニングメーターはなかった)。ワンマンではなくゲストとして呼ばれたときも、全体のステージの流れは気にしない。

気持ちを盛り上げるためイントロも長い方だ。激しくギターを弾くので、必ず弦が二、三本切れてしまう。失神して倒れることもあるらしい。もしもお客さんからヤジが飛んできたら、「なーに、ここに上がって来なよ」とやりあってしまう。度胸が据わっている。

一方僕は意気地がない。歌っている最中、客席から喋り声が聞こえて来ても（初期のころ地方のライブハウスでよくあった）、食器を洗う水の音がチョロチョロ聞こえて来ても（ピアノ一本で音数が少ないから雑音が届いてしまうのだ）、ずうっと気になりながら、全曲歌ってしまう。

店側から伝えられたピアノの機種名をマネージャーが確認したにも関わらず、鍵盤数のまったく足りないエレピが用意されていて、しかたなくそれを弾いて歌ったことがある。低音のミがないのだ。

ローズ・ピアノを借りられたのは良かったが、セッティングが間違っていたせいで、ペダルを踏むと楽器が持ち上がってしまい、変な音のままライブを終えた。マネージャーに文句は言わなかった。言えなかった。情けない性格だ。

そして突然、縁を切る。

歌い始めの頃から、遠藤君とは同じような道を歩んできた。同じステージに立ち、同じ事務所にも所属した。その後すぐに僕は歌をやめて本屋になってしまったのだが、再び歌うことになったら、「僕の人生史上最強のライバルが復活」という手紙をもらった。本屋にも訪ねにきてくれた。そんな仲だった。遠藤君は純粋に僕の復活を歓迎し、自分の勇気や力に変えていたのだと思われる。

大まかに分ければ、音楽のジャンルが同じであったから、つい意識してしまう。似た者同士は競い合ってしまうのだ。遠藤君は闘志をむき出しにし、勝ち負けにこだわることによって、さらに登りつめてゆくエネルギーにしたかったのだろう。

僕はなるべく距離を置きたかった。方向性や表現方法はそれぞれ違うし、誰に対してもそうだが、戦いたいなんて思ったことはない。どういう結果になろうとも、音楽はスポーツと違って勝敗が決まるものではないからだ。

遠藤君には叫ぶ歌がある。僕にもあって、真似ているように思われるのも嫌なので、ディレクターに「叫び過ぎじゃないですか?」と心配して尋ねたことがある。「種類が違いますよ」と答えてくれたので、ほっとした。

良くも悪くもライバルになってしまったがゆえに、もしかしたら、僕の中に近親憎悪のようなものが芽生えてしまったかもしれない。

遠藤君は「純音楽家」と名乗っている。歌舞伎の見得を切るポーズをとっていた。「紅白歌合戦に出場したい」とも公言していた。「俺は勝つ」という歌まで作っている。「♪俺は負けない　君だけには負けたくはない　たとへ他の誰かに　負けたって／君は勝ち負けという言葉なんて　意識したことがないという　それはあまりにもかっこ良すぎるよ　俺など相手にもならないのかい」

実は再び歌い出す前に、昔の仲間がどんな感じなのか、遠藤君とあがた君が共演しているライブを聴きに行ったことがある。たしか、自由が丘のライブハウスだった。満員だった。全員立ち見で、後方からはステージがよく見えない。あれは舞台だったのかテーブルだったのかよくわからないが、そのテーブルの上に背中を付けて、ギターをかき鳴らしている姿を見て、ふーんと思った。お客さんが大興奮しているのが不思議だった。冷めた。もしもそこで、透き通った美しさを見てしまったら、圧倒されて僕は歌い出せなかったかもしれない。

2000.10.5 遠藤賢司、早川義夫、あがた森魚　東京グローブ座終演後（撮影 佐野史郎）

わざとらしいものほど嫌なものはない

わざとらしいものほど嫌なものはない。ただし、みなそれぞれ感性が違うから、わざとらしいと思う人もいれば、最高にかっこいいと思う人もいる。だいたい少数派と多数派に分かれる。どちらにせよ、好むか好まないか、信じられるか信じられないかは、わざとらしさを見抜けるか見抜けないかが関係してくる。

太宰治の『人間失格』の中に、鉄棒をわざと失敗して、皆の大笑いを誘った主人公が、体育を見学していた級友から「ワザ。ワザ」と背後からささやかれ、演技だったことを見破られてしまう場面がある。その描写が忘れられない。

最もわざとらしいのはTVコマーシャルだ。やたら音量が大きい。表情も動きもオーバーで、嘘くさい。面白くない。消音にする。早送りする。騒々しくない、鬱陶しくない、癒してくれるコマーシャルは作れないものだろうか。本来は商品の魅力さえ伝えてくれればいいのであって、タレントは必要ない。

ところが、そんな不満を吹き飛ばしてくれるコマーシャルがあった。作品として観れるのだ。

「もしこの世から愛がなくなってしもたら、あ行は、うーと、えーと、おーだけになってしまう」と尼さんが法話するアイフルのCMだ。出演者の名前を知らなかったので、ネットで調べたら大地真央と今野浩喜だった。

YouTubeで「アイフルCM　そこに愛はあるんか?」を検索したら、他にもいろんなパターンがあって見惚れてしまった。

他のコマーシャルのタレントさんの演技は、ほとんど、わざとらしく映ってしまうのに、どうして、大地真央が演ずる「凛とした女将」はわざとらしく思えないのだろうか、不思議だ。

映画の中で強烈な印象を残す役者は、きっと普段もこういう生活を送っているのだろうなと思ってしまうように、大地真央も撮影をしている間だけ役柄を演じているのではない。ＴＶ画面に登場する前から女将は存在していて、画面から消えたあとも女将は生きている。

現代文講師に扮する女将がいい。ああいう衣装はいったい誰が考えつくのだろう。制作スタッフが優秀なせいもある。セリフの言い方、間の取り方、抑揚が最高だ。女将がフランス映画に登場するコマーシャルが一番好きかもしれない。

そういえば、昔一度、コマーシャルソングを歌わせてもらったことがある。一五秒の日産ラシーンのCM（ドラえもん）だ。作詞作曲はプロの方である。別な三〇秒のバージョンをあがた森魚君も歌っている。あがた君の歌の方が断然いい。伸びのある声とそうでない声との差を感じた。

一九六九年、URCレコードでディレクターをしていたとき、あがた君が事務所に歌いにきた。メガネのレンズが片方割れていて、取り出したノートには大きな文字で歌詞が書かれていた。歌の途中でギターの弦は切れ、歌もつっかえてしまう。付き添ってきた友人が「出直した方がいいんじゃないの」と声をかけると、あがた君は「いや歌う」と言って歌い続けた。

原石を見つけたような感覚を覚えたが、まだ未完成だったのと、斉藤哲夫君の録音が控えていたこともあって、レコーディングの話はしなかった。そのかわり事務所主催のライブに出演しないかと誘った。都市センターホールでの二階席からあがた君に声援を送った記憶がある。

その後、あがた君から録音をしたいので手伝ってもらえないだろうかという電話があった。音楽の仕事をやめようと考えていた時期だったので、「一人で作った方がきっといいものが出来ると思うよ」と断った。

一九七〇年、自主制作『蓄音盤』は、みごとに輝いていた。

言いたいことが言えなくて

言いたいことが言えなくてあとあと悔やむことがある。どうして、あのときちゃんと気持ちを伝えておかなかったのだろう。遠慮してしまうのだ。こんなことを言ったら、その場の雰囲気が悪くなってしまうだろうなと思ってしまう。けれど、あとあとも引きずるくらいなら、気になった時点で伝えた方がいいに決まっている。

音楽の仕事でもそうだった。恥ずかしい話、マネージャーを三回変わった。

最終的には一人でやることにした。理由は言わずに理由も聞かれずに別れた。そりゃないだろうと思ったからだが、相手は、やってられないよと思っていたかもしれない。考えてみれば、マネージャーが必要なほど仕事はなかった。

プロデューサーを仕事にしていた佐久間正英さんも言いたいことを言わないタイプだった。演奏者が思い通りの音を出してくれなくても、違う音にしてくれとは言わない。音は感性だから、音を否定することはその人自身を否定することになってしまう。音を変えてもらったら、血が通ってない音になる。

スタッフに対しても忠告しない。仕事ぶりを否定するのは人柄を否定するのと同じことだからだ。言って直るくらいなら、最初から注意する必要はないし、注意しなければ直らないような人は、注意しても直らない。そういう人を選んでしまったのだから、もうしょうがないと思っている。

こんなことがあった。本を作っていたとき、担当者に尋ねたいことがあったので、土曜日だったか日曜日だったか、電話をかけたことがある。すると「休みの日なんだから電話しないでください」と言われた。どうして僕は携帯番号を知っていたのだろう。

打ち合わせをしているとき、「あっ、その話はさっき聞きました」と言われた。口癖なのだろうか。悪意がないことはわかるけれど、そう言われると、自分の頭が悪そうに思えてくる。確かに僕はくどい人間だ。同じことを繰り返すのだろう。でも、すごく親しい仲ならともかく、仕事上で他の人と喋っていてそういう言い方をされたことはない。

電話で打ち合わせをしていたとき、あれはああして、これはこうした方がいいなと伝えると、ピシャリと「早川さんの希望通りの本を作るわけではないですから」と言われた。びっくりした。「希望通りの本を作ってくれと言っているのではない。意見交換のつもりで話しているのであって、何がなんでもと言い張っているわけではない」とすぐに言い返した。

相手側に立てば、僕の要望が多過ぎたのだろう。とどのつまり、相性が悪いのだ。

恋愛をするたびに僕はふられる。別れる理由は聞いていない。おそらく、いい人ができたからだと思うが、僕のどこが劣っていたのかは知りたくない。仕方がなかったのだ。

それは、友との別れでも、仕事仲間でも同じだ。すべての関係は常に続いているわけではない。終わりは突然やってくる。離れることになったら、お互いの幸せを祈るしかない。あとでゆっくり振り返り、独り寂しく泣けばいい。

結婚が決まっても、いつの日か熱が冷めて、別れたくなるときが来るかもしれない。幸せ絶頂のときこそ、最悪の場合を考えておいた方がいい。そのとき

2021.12.20 かいくんとゆき

になって争わぬよう、さわやかに別れられるよう、約束ごとなり契約書を交わしておいた方がよい。別れても自立してやっていけるよう、手に職を持っておいた方がよい。と娘たちには伝えておこう。

家族に対しても僕は思っていることが言えない。しい子に対しては何でも言えたが、娘には半分ぐらいしか言えない。孫には何も言わない。おじいちゃんは孫が可愛いらしいが、僕は違う。延々と泣き続けても「いいかげんにしなさい」と注意することができない。不機嫌になるだけだ。

銀ちゃんからの手紙

早川義夫様

脇本銀次郎さんの友人の舘川と申します。多分銀ちゃんが生きてたら、早川さんに言いたかった事をメールさせてください。銀ちゃんと知り合ったのは早川さんがきっかけでした。銀ちゃんの早川さん好きは異常な程で、必ず一番前早川さんが一番見える席で、変な掛け声やら、手拍子。早川さん嫌がってるよと話しても言う事を聞かない程の熱烈なファンでした。早川さんにはかなり迷惑をかけたと思いますがお許しください。銀ちゃんは筋金入りの早川さんマニアでした。早川さんが再びライブを辞めてからは、また再開するまで早川さんの歌は聞かないと頑固に拒否していました、別に聞けばいいのにと思いましたが、銀ちゃんの哲学は許せないのでした。そんな銀次郎さんのあっけない幕切れでした。12月7日に胸の痛みを訴え病院にそのまま緊急入院に、翌日意識を失って12時30分に永眠でした。生前は、沢山のライブで感動をありがとうございました。また熱烈なファン故の迷惑、申し訳ありませんでした。

脇本銀次郎代筆

2021.12.18

舘川敏さま
脇本銀次郎さま

メールありがとうございます。
ご連絡いただいたこと、ありがたく思っています。
粛然と受け止めました。同時にびっくりしました。
僕よりはるかに若かったのに残念です。

銀ちゃんのこと、覚えています。
お名前を覚えている方は数少なく、銀ちゃんの熱烈さは常に感じていました。
ただし、フルネームは知りませんでした。
たしか最初の頃、サインを頼まれたとき、銀ちゃんの方から、そのたびに、
「銀ちゃんと書いてください」と言われていたからです。

お顔もしっかり覚えています。
渋谷毅さんとのライブ映像「「花が咲いて」早川義夫（P・V）・渋谷毅（P）」に

も映っていらっしゃいますものね。銀ちゃんは、いつも前列に座って、一生懸命、僕の歌を聴いてくださいました。

https://www.youtube.com/watch?v=qDiVFjpjlV4

実は、銀ちゃんに、謝らなければならないことがあります。
下北沢での演奏中、小屋の床のせいかどうかわかりませんが、
銀ちゃんの足の音が初めから終わりまで気になってしまいました。
そのため、ライブが終わってから、僕は銀ちゃんに
「足でリズムをとらないで」って、怒り調子で、注意してしまったのです。

バンド編成なら、客席のどんな音も気にならないでしょうが、
なにしろ、ポツンポツンと弾くピアノの音だけのため、
客席からのほんのちょっとした音が、異常に気になってしまうことが
僕にはよくあったのです。

過剰な神経質なため、つまりは、僕が音楽的に優れていないため、どんな場面でもお互いが嫌な気持ちにならないよう、上手に会話することができないため、すべては僕の未熟さゆえ、ファンでいてくれた銀ちゃんに大変失礼なことを言ってしまいました。さぞかし銀ちゃんは不愉快になられたと思います。

本来なら、銀ちゃんと親しい間柄になれたかもしれないのに。いまごろ謝ったところで、何にもならないですが、銀ちゃんに申し訳ないことをしたということの出来事はずっと忘れていません。いつか天国で出会える日が来たら、ちゃんと謝りますので、許してくださいね。

舘川さま、銀ちゃんに、よろしくお伝えください。
本当にありがとうございました。

お体大事になさってください。
幸せであること祈ってます。

早川義夫
2021.12.19

あとがき

面白いことがなくて、何を楽しみに生きていけばよいかわからなくなった。何もする気が起きなくて、すぐに体がだるくなってしまう。生きがいって何だろう、やりがいって何だろうとそればかり考えていた。

自ら命を絶った方たちを思い浮かべた。理由は本人にしかわからないけれど、共通して言えることは、すべてが虚しくなってしまったからだろう。

死を想像したが、自殺しようとは思わなかった。血液検査で腕に注射針を刺されるのさえ血を見るのが怖くて、そっぽを向いてしまうくらいだからだ。

うつ病のためにメイラックスと、元気が出るように補中益気湯を処方してもらった。朝夕の犬の散歩が随分と役に立っているかもしれない。犬仲間と出会えば挨拶を交わすのが日課となった。四、五年経ったあたりから、ようやく精神が安定してきた気がする。


スーパーでホタルイカを見かけた。ボイルしてあるので、わさび醤油で食べるつもりだったが、水洗いするのかなと思って調べたら、軽く洗い、目と口と軟骨を取った方がよいと書かれてあった。白い目だけ取ることにした。

パッケージには「パスタにもどうぞ」とあったので、そうだ、ペペロンチーニに混ぜようと思い、レシピ通り、フライパンに、オリーブオイル、にんにく、輪切り唐辛子、ホタルイカ、茹で汁を加えて炒めた。「青の洞窟ペペロンチーニ」のタレを加えたら、これまで食べたパスタの中で一番美味しかった。毎日が楽しいわけではないが、そんな些細なことだけが喜びとなった。

ご夫婦とカップルの男性に伝えたい。彼女がいるのが当たり前だと思ってはいけない。好き勝手なことをやっていたら、いつ別れを切り出されるかわからない。ある日突然、がんの宣告を受けてしまうかもしれない。ずっと仲良しで丈夫でいられるよう、健康には気を遣い治療方針まで決めておこう。

妻が亡くなってから僕は初めて気づいた。誰よりも何よりも妻が生きがいだったのだ。後悔しないよう、悲しみが身体に染み込んだままにならないよう、今の十倍も百倍も千倍も優しくしておいた方がいい。

二〇二三年三月二十八日

早川義夫

写真　早川義夫

著者について

早川義夫（はやかわ・よしお）
一九四七年東京生まれ。和光大学人間関係学科中退。元歌手、元書店主、再び歌手、歌ったり書いたり休んだり。アルバムに『この世で一番キレイなもの』『恥ずかしい僕の人生』『歌は歌のないところから聴こえてくる』『I LOVE HONZI』。著書に『ラブ・ゼネレーション』『ぼくは本屋のおやじさん』『たましいの場所』『生きがいは愛しあうことだけ』『心が見えてくるまで』『女ともだち』などがある。
Twitter https://twitter.com/yoshiohayakawa
早川義夫公式ホームページ h440.net

海の見える風景

二〇二三年一二月一〇日初版第一刷発行

著者　早川義夫
発行所　株式会社文遊社
東京都文京区本郷四―九―一―四〇二
電話　〇三―三八一五―七七四〇
FAX　〇三―三八一五―八七一六
郵便振替　〇〇一七〇―六―一七三〇二〇

編集担当　久山めぐみ
制作　山田高行
装幀　黒洲零
印刷・製本　中央精版印刷株式会社

乱丁本、落丁本は、お取り替えいたします。
定価は、カバーに表示してあります。

ISBN 978-4-89257-079-7

ラブ・ゼネレーション

早川義夫 著

一九六八年から一九七二年に綴られた名エッセイの復刊。歌とは何か、高田渡、岡林信康、はっぴいえんど……若き日の著者が音楽観を率直に綴る。初単行本化エッセイ七篇、貴重な写真を追加収録。

書容設計・羽良多平吉

ISBN 978-4-89257-071-1